UNE INTRODUCTION AU Féminin sacré

AMY LEIGH MERCREE

LES PETITS LIVRES D'ÉSOTÉRISME

UNE INTRODUCTION AU féminin sacré

...LIBÉREZ LE POUVOIR QUI EST EN VOUS...

MARABOUT

Traduction d'Anne-Claire Levaux

Publié pour la première fois en 2019 par Sterling Publishing CO., INC., USA,
sous le titre A LITTLE BIT OF GODDESS: An Introduction to the Divine Feminine.

Cette édition a été publiée avec l'accord de Sterling Publishing Co., Inc.,
1166 Avenue of the Americas, New York, NY, USA, 10036.

SOMMAIRE

DÉDICACE

Je dédie ce livre à mes ancêtres, celles qui furent avant moi et ont ouvert la voie, et au continuum de déesses qui m'ont accompagnée contre vents et marées. Merci.

INTRODUCTION

Bienvenue dans le temple du féminin sacré. Il est *partout*. Il est en vous. Il est autour de vous. Dans les yeux de vos filles, dans le cœur de vos sœurs, dans les témoignages de tendresse échangés avec vos amies. Dans le ventre de votre mère. Dans la planète Terre elle-même, la mère de tous les hommes.

Le féminin sacré est symbolisé par la Grande Déesse. Elle sait tout. Elle voit tout. Elle est l'incarnation féminine du divin. Elle est sacrée, et vous aussi, car vous la personnifiez. Elle est le Grand Mystère. Elle est le soleil, la lune, la terre, les étoiles, le ciel. Elle est étroitement liée à tout ce qui existe. Elle est les atomes et les molécules qui forment la matière de notre monde. Elle est l'énergie et la lumière qui circulent dans toutes les dimensions. Elle est tout.

En lisant ces mots, ils évoqueront peut-être pour vous le concept de dieu chrétien, mais ce n'est pas de lui que je parle.

On entend aujourd'hui beaucoup parler de patriarcat dans les médias. L'objet de ce livre n'est évidemment pas de dévaloriser ni de manquer de respect envers des convictions religieuses ou philosophiques. Ce livre parle de tolérance. Il honore tous les aspects du sacré et vise à l'inclusivité.

Cependant, depuis bien longtemps, les personnes au pouvoir promeuvent des religions privilégiant les divinités masculines. En conséquence, nous constatons de nombreuses inégalités de genre dans nos sociétés. Aujourd'hui encore, des actions témoignant d'un manque de respect envers les femmes peuvent être constatées dans le monde entier. Certaines d'entre nous choisiront de prendre position contre cet état de fait et se battront pour les moins favorisées.

Ces femmes engagées incarnent la Déesse, ainsi que toutes les autres femmes. L'avocate de l'ACLU (American Civil Liberties Union, organisme de protection des libertés aux États-Unis) intentant un procès pour inégalité entre les sexes incarne l'archétype d'Athéna, la puissante déesse indépendante. L'assistante sociale accompagnant des enfants marginalisés, tout en les rassurant et les défendant devant la justice, incarne plusieurs aspects d'Isis, la Déesse mère.

Chaque jour, à travers le monde, des femmes honorent à leur manière le féminin sacré, le plus souvent auprès de leurs amies, en silence. Ces déesses cachées peuvent être rencontrées parmi les admirables mères latino-américaines chantant la Mère lune à leurs amies enceintes ou encore parmi les rayonnantes femmes africaines exécutant avec les jeunes filles et les femmes de leur famille des rituels destinés à rester en bonne santé. La femme britannique de bonne famille expliquant à sa nièce le mythe de l'île d'Avalon honore la Déesse, tout comme l'Américaine apportant conseil aux jeunes femmes dans son bureau et présentant un cours informel sur la féminité dans les relations chaque mercredi en fin de journée. Le féminin sacré est présent en toutes les femmes dans le monde entier.

Le féminin sacré apporte de l'amour, du réconfort, de la compassion, de la sensualité, de la beauté, de la sagesse, de la confiance, et bien d'autres choses. Au fur et à mesure qu'il regagnera en importance dans le monde occidental, la paix reviendra peut-être elle aussi. Nous constaterons les avancées concrètes obtenues par les femmes qui laissent la puissance de la Grande Déesse circuler en elles.

Le dalaï-lama a dit un jour que le monde serait sauvé par la femme occidentale. Vous êtes cette femme. En lisant ce livre, vous renouerez intensément avec votre nature féminine profonde. À travers de petits actes de pleine conscience pour honorer le féminin sacré en vous, vous contribuerez à équilibrer les pouvoirs entre une société patriarcale, dominée par l'homme, et une société égalitaire où le féminin et le masculin sacrés sont au même plan et créent ensemble un monde paisible.

Vous êtes partie prenante du changement. Lorsque vous vous sentirez liée à la Grande Déesse et à toutes les déesses évoquées dans ce livre, vous constaterez l'enrichissement de votre vie dans plusieurs domaines. Le féminin sacré vous apportera du soutien et vous nourrira sur le plan spirituel.

À vingt-trois ans, je me suis fait tatouer l'Ankh, le symbole égyptien de la vie, en marron orangé – la couleur du henné indien – sur le gros orteil gauche. Je venais alors de commencer à travailler en tant que praticienne de thérapie intuitive et étais consciente de ces deux faits : le côté gauche du corps symbolise le féminin sacré et le gros orteil – tout comme le pouce – représente la notion de volonté et son énergie. Ce tatouage matérialisait donc ma décision de mêler ma volonté à celle de la Déesse, pour le plus grand bien de toute forme de vie. Ce tatouage symbolisait ma décision et le fait que je me mette au service du féminin sacré.

Depuis ce jour, ma vie est bénie. J'ai vécu des expériences formidables. J'ai nagé avec des baleines à bosse et dans des grottes sous-marines aux eaux cristallines, j'ai randonné dans des forêts tropicales verdoyantes, j'ai gravi des sommets intacts, j'ai accompagné et assisté à la naissance de bébés d'amies chères, j'ai dansé avec joie avec mes sœurs-déesses, j'ai vécu de grandes passions et des amours immenses avec des amants attachants, j'ai médité intensément avec le Grand Esprit...

J'ai appris des leçons qui m'ont enseigné des choses essentielles sur mon chemin spirituel et dans ma vie. J'ai été opérée, vécu des chagrins d'amour, perdu des amis chers et des proches, et fait face à l'adversité, comme nous le faisons tous d'une manière ou d'une autre. Chaque bénédiction et chaque défi font partie de l'apprentissage sur la Grande Déesse sous toutes ses formes. Elle est tout : amante et mère, créatrice et destructrice, innocente et femme sage. La Déesse est une aventurière et un refuge, une source de savoir nous incitant à vivre de nouvelles expériences. Elle ouvre les cœurs et les esprits.

Tous ces événements m'ont aidée à m'aligner afin de vivre mon dharma, la mission de ma vie. Je pourrais même ajouter que, grâce à cette reconnexion au Divin sacré, je « vis ma meilleure vie » – une expression en vogue aux États-Unis. Je souhaite que vous fassiez vous aussi cette expérience. Je vous souhaite de mener une vie remplie de joie immense, une vie qui vous permette d'affirmer qui vous êtes. Je vous souhaite de vivre des expériences intenses et des moments transcendants.

Vous êtes l'architecte de votre vie mais vous pouvez à tout moment obtenir de l'aide. À votre demande, la Grande Déesse vous apportera sa bénédiction afin de vous aider à vous aligner avec vos objectifs de vie. Sa sagesse et son énergie pourraient porter plus haut que jamais votre joie d'être en vie et le niveau d'intensité de vos expériences.

Vous méritez d'atteindre ces sommets. Vous êtes un chef-d'œuvre créé par un univers de bienveillance. Le féminin sacré fait partie de votre véritable nature, il aime votre être dans sa totalité, vos forces comme vos faiblesses. Vous êtes tout, et vous comptez. Votre présence sur Terre est précieuse, laissez l'essence de votre féminité vous guider. Nous avons toutes un peu d'une déesse en nous.

1

HISTOIRE DU FÉMININ SACRÉ

Les déesses ont été oubliées petit à petit, considérées comme secondaires. Elles ont souvent été reléguées au second plan derrière des déités masculines plus conventionnelles. En réalité, au début de l'histoire de l'humanité, la société ressemblait davantage à un matriarcat ; le fait que les femmes donnent la vie était hautement valorisé et célébré pour l'acte magnifique qu'il constitue.

Les débuts de la mythologie des déesses remontent aux toutes premières traces de l'humanité, bien avant l'influence d'un système de croyances purement patriarcal. Les hommes étaient alors très peu représentés en tant que déités. Ils étaient considérés comme les fils ou les amants des déesses. D'après certaines estimations, les premiers signes de culte d'une déesse datent du paléolithique, entre 30 000 et 20 000 ans av. J.-C.

Ce culte très ancien se manifestait par une vénération de la couleur rouge – en rapport avec les menstruations et la renaissance – souvent employée lors de cérémonies. Les sociétés primitives de cette période aménageaient l'intérieur de leurs temples et de leurs grottes sacrées avec des représentations en coquillages des organes génitaux féminins.

La période du néolithique qui s'ensuivit fut témoin de la construction de certains des sites les plus élaborés destinés au culte des déesses, notamment dans la région turque d'Anatolie, vers 6 500 av. J.-C. Un parallèle entre les femmes et la Terre fut également établi à cette période, en raison de leur capacité commune à donner la vie ; le fait que la Terre soit souvent appelée « Mère » n'est d'ailleurs pas une coïncidence puisqu'elle fournit ce qui est nécessaire à l'existence et à la croissance des êtres vivants. La Terre et les femmes donnent la vie, et c'est probablement en conséquence de ce constat que les représentations des déesses ont commencé à inclure des éléments de la nature tels que les plantes, les animaux ou les cours d'eau. À cette époque, au sein des tribus de chasseurs-cueilleurs, les femmes avaient le rôle de cueilleuses, ce qui contribua à leur accorder les notions de bienveillance et de générosité, la chasse étant réservée aux hommes. Le fonctionnement et la structure des sociétés matriarcales ont trouvé là leur origine : les femmes ont grandement participé à la création de la civilisation et de la culture, en développant les arts, la médecine et les lois, mais sans nécessairement dominer les hommes.

Les déesses étaient généralement associées à des attributs bien précis tels que des phénomènes naturels ou des vertus. Certaines sont liées à une seule notion tandis que d'autres, considérées comme de grandes déesses, veillent sur plusieurs aspects de la vie. Parmi les différents thèmes associés aux déesses, citons notamment l'enfantement, la maternité, l'amour, la beauté, la guerre, la lune, la création et la mort. Les premiers hommes voyaient en elles les régentes de la vie spirituelle, à même de guider leur cœur vers plus de maturité et d'altruisme. Le cycle de la vie se trouve ainsi à l'origine de la création et de la vénération de la figure féminine ; il est ensuite devenu un thème récurrent dans l'Histoire.

Avant l'apparition de l'écriture, l'existence de déesses est attestée par l'art pariétal, représentant sous forme de dessins sur les parois des grottes la capacité de ces divinités à donner la vie. Il existe également des sculptures à leur effigie, telles que les Vénus paléolithiques (notamment la Vénus de Willendorf). Ces statuettes mettent en avant les caractéristiques d'une femme féconde afin d'illustrer la fertilité et la nourriture que le corps fournit à l'enfant. Le terme « déesse » lui-même est apparu dans la langue anglaise dès le milieu des années 1300 et fut rapidement traduit dans d'autres langues.

Celle qui n'était au départ que la déesse de la Terre mère est devenue au fil des civilisations une mère divine toute-puissante, universelle, à l'instar de Nout, la déesse égyptienne du ciel. Tout cela a contribué à renforcer l'idée d'une connexion physique et spirituelle avec le ventre d'une entité divine, puisqu'il était apparu qu'une mère divine était à l'origine de la création de tout ce qui se trouve au-dessus et en dessous de nous, et que les êtres humains étaient connectés à la Terre et à l'univers. Une fois cette distinction acquise par différentes sociétés – les Celtes, les Romains, les Grecs et les Égyptiens –, les déesses et les dieux acquirent progressivement un rôle prééminent dans ces cultures.

L'homme érige des temples depuis la nuit des temps, mais curieusement, au cours de la période néolithique, ceux-ci étaient dédiés au culte de divinités masculines. Le culte des divinités féminines prenait place dans les foyers de ces peuples primitifs.

Le lien avec ces déesses était plus personnel et plus chaleureux. Elles étaient présentes dans la vie quotidienne, à l'inverse des dieux vénérés uniquement dans des lieux fermés et distincts des habitations. Des temples voués aux déesses furent érigés plus tard dans l'Histoire, afin de les honorer et de favoriser le recueillement et la prière.

Dans la Grèce antique, la hiérarchie du temple d'Apollon ne ressemblait pas à celle des lieux de culte modernes. Une femme y tenait en effet la plus haute place sur le plan spirituel en tant qu'intermédiaire entre les dieux et les mortels, souvent dans un état de conscience altéré. On la dénommait Pythie ou Pythonisse, d'après le dragon Python qui habitait la grotte où fut érigé le sanctuaire et qui fut abattu par Apollon.

Les transes prophétiques étaient probablement provoquées par des vapeurs provenant d'une faille géologique dans la pièce où se trouvait la prêtresse, assise en son centre sur un tripode ; les respirer l'aidait à parvenir à un état de conscience supérieur. Plutarque qui fut lui-même prêtre à Delphes, en a témoigné. Dans ses *Dialogues pythiques*, il décrivit ces émanations en ces termes : « comme si l'adyton (le sanctuaire) laissait s'échapper l'essence des parfums printaniers les plus suaves et les plus précieux », suggérant qu'une odeur particulière flottait effectivement dans l'air de Delphes. Par ailleurs, il n'est pas impossible que d'autres méthodes aient été employées pour altérer l'état de conscience de l'oracle, notamment des substances hallucinogènes administrées par voie orale.

L'oracle tenait le rôle de traducteur entre le divin et l'humain, apportant des réponses aux questions personnelles des citoyens. À la fin de sa vie, la prêtresse transmettait son titre à une autre femme. De la sorte, cette place était toujours occupée par une femme au sein du temple.

Outre ses fonctions à Delphes, la Pythie jouissait de la beauté incommensurable de la nature qui servait d'écrin au temple et côtoyait ainsi la culture grecque dans une atmosphère unique – ce qui constitue un nouvel exemple de rencontre entre l'humain et « l'autre » sur un même plan d'existence, la femme faisant ici encore office de lien entre le terrestre et le divin.

Indépendamment de l'aspect spirituel, les sociétés matriarcales offraient de nombreux avantages, en particulier le fait de ne pas entretenir de conflits avec d'autres peuples sur le long terme. Il s'agissait de sociétés paisibles, bâties sur des zones ouvertes et tournées vers la culture des arts, eux-mêmes considérés comme divins.

Pour quelle raison notre civilisation s'est-elle progressivement tournée vers un système de croyances patriarcal et monothéiste, rejetant ces pratiques anciennes ? Principalement à cause de la répression des croyances de l'Ancien Monde qui eut cours dans le but de promouvoir et répandre la foi en de nouveaux dieux, ou plutôt en un dieu unique. La survie de ces sociétés à influence féminine, communément perçues comme pacifiques, s'est révélée presque impossible dans un nouveau monde agressif et armé.

En dépit de ce rejet entraîné par la colonisation et l'avènement d'une ère nouvelle, les déesses sont toujours présentes dans nos sociétés et la vénération dont elles font l'objet a perduré à travers le temps. Souvent associées à un homologue masculin afin de démontrer leur importance égale dans le monde, les déesses sont devenues indispensables à la compréhension de la nature des mondes physique et spirituel.

2

FÊTES SAISONNIÈRES EN HOMMAGE AUX DÉESSES

Les saisons qui se succèdent au cours d'une année peuvent symboliser les différentes étapes de la vie. Nous sommes ainsi témoins durant douze mois d'un cycle alternant la naissance, la croissance, le déclin progressif, la mort puis la renaissance. Cet enchaînement ne s'est jamais interrompu depuis la création de l'humanité. L'année est traditionnellement divisée en quatre parties : le printemps, l'été, l'automne et l'hiver.

Ces dénominations sont courantes dans notre société moderne, mais historiquement, le nom des saisons était lié aux phénomènes qui s'y produisaient, comme la variation de la durée d'ensoleillement ou de la fertilité de la terre. Elles étaient marquées par un solstice ou un équinoxe. Le passage à la nouvelle année, moment où nous réfléchissons à l'ensemble des changements apportés par les saisons, a souvent été associé au divin. De nombreuses fêtes saisonnières sont issues de traditions et coutumes de longue date. Certaines sont spécifiques à des régions du monde alors que d'autres sont curieusement répandues sur différents continents.

PRINTEMPS

Le printemps est connu pour être la saison de la croissance et du renouveau. Cela se manifeste notamment par un certain foisonnement dans la nature : la faune et la flore reprennent de la vigueur après le froid de l'hiver, les animaux se réveillent après plusieurs mois d'hibernation et cherchent la chaleur des rayons du soleil.

Le printemps a toujours été considéré comme une période de prospérité et un indicateur d'équilibre. L'équinoxe de printemps se produit le 20 mars dans l'hémisphère nord et le 20 septembre dans l'hémisphère sud. C'est l'un des deux jours de l'année où la durée du jour est égale à celle de la nuit. Différentes religions et cultures ont observé ce phénomène.

Le thème de la renaissance, qui caractérise le printemps, se retrouve notamment dans la fête chrétienne de Pâques. Il s'agit dans la Bible de la résurrection de Jésus qui se produit trois jours après sa mort et qui est célébrée un dimanche.

Au-delà de cette représentation chrétienne, la fête de Pâques peut aussi être considérée comme la célébration moderne d'une fête païenne. En anglais, Pâques se dit *Easter*, nom qui serait dérivé de celui d'Ēostre, déesse de la fertilité, du printemps et de l'aube. Cette grande déesse porte différents noms selon les civilisations : Ēostre, Ostara, Inanna, Perséphone, Ishtar, Freyja, Brigit, etc. Toutes ces déesses étaient célébrées à cette période de l'année, lors de festivals organisés pour honorer la lumière naissante. Elles étaient considérées comme des déesses de la fertilité. Les lapins et les œufs étaient des symboles puissants dénotant la floraison, le foisonnement et l'amour sensuel.

Ils symbolisaient eux aussi l'idée moderne d'une fièvre printanière. La fête de Pâques est aujourd'hui une journée idéale pour accepter la nouveauté et apprécier la douceur de la saison de l'éclosion des bourgeons, rendue possible grâce au féminin sacré, source de vie.

Beltaine est une fête issue du calendrier celtique, traditionnellement célébrée le 1er mai, à mi-chemin entre l'équinoxe de printemps et le solstice d'été. Elle symbolise l'arrivée de l'été. Lors de cette fête, célébrée en Écosse et en Irlande, le peuple celte, essentiellement pastoral, chassait l'obscurité des mois hivernaux en allumant de grands feux, destinés à se purifier et à purifier la faune. Les bergers faisaient traverser les flammes à leur bétail, et certains dansaient même parmi elles. Des arbres en fleurs, généralement des aubépines et des sycomores, étaient décorés et l'on dansait autour. Beltaine était aussi parfois l'occasion de célébrer l'amour sensuel. Dans certaines traditions, l'acte sexuel devenait un rituel et était alors considéré comme sensuel, sacré et régénérant. Dans d'autres, une prêtresse dévouée à la déesse s'unissait sexuellement à un monarque régnant afin d'attirer sur le royaume ou la ville l'abondance associée à la déesse reconnue pour sa sagesse. Ce rite avait parfois lieu dans les temples des déesses de l'amour sensuel telles qu'Isis, Inanna, Ishtar ou encore d'autres déités du panthéon celtique. À cette époque, la sexualité n'avait rien de honteux, elle était une célébration de l'union spirituelle entre le masculin et le féminin sacrés. Ce mariage spirituel pouvait s'exprimer par l'acte d'amour ou par une méditation, était envisagé comme un processus d'alchimie interne fusionnant le masculin et le féminin intérieurs, et avait pour objet une vie riche et heureuse.

D'autres variantes celtiques, apparues plus tardivement, mettent en scène de jeunes femmes représentant l'archétype de la Jeune Fille. Parées de couronnes de fleurs fraîches confectionnées selon un rite précis, elles dansaient joyeusement autour d'un arbre de mai. Les habitants du village se joignaient souvent à ces démonstrations de liesse et dansaient eux aussi. L'intention était de célébrer le renouveau du printemps et d'honorer la Grande Déesse et les bienfaits qu'elle octroyait pendant la période de la floraison et des récoltes.

ÉTÉ

Dans l'hémisphère nord, le solstice d'été se produit le 21 juin et correspond au jour le plus long de l'année. Différentes civilisations célébraient cet événement marquant et reconnaissaient au soleil des propriétés vitales ; il représentait pour elles la vie même. En effet, l'été est la saison où les terres sont fertiles et donnent de la végétation en abondance, elle-même consommée par le bétail, qui nourrit ensuite les hommes.

Dans la Rome antique, le solstice d'été était une journée exceptionnelle. Le premier jour de la fête de Vestalia, les femmes mariées étaient autorisées à pénétrer dans les temples de Vesta, la déesse du foyer – où seules pouvaient habituellement entrer les vestales, qui en étaient les prêtresses – et pouvaient ainsi déposer leurs offrandes à la déesse. D'autres divinités estivales représentant l'éclosion, telles que Flore et Fortune, étaient également célébrées à cette période de l'année.

AUTOMNE

L'arrivée de l'automne est une autre période de transition, marquée par l'équinoxe du 23 septembre. Dans l'hémisphère nord, à cette date, le jour a exactement la même durée que la nuit.

Issue des traditions celte et gaélique, la fête de Samain était célébrée à mi-chemin entre l'équinoxe d'automne et le solstice d'hiver et marquait la fin de la saison gaélique des récoltes. Elle anticipait et représentait l'arrivée de la période la plus sombre de l'année. Elle débutait le 31 octobre pour se terminer le 1er novembre, au coucher du soleil. Cette date ne vous rappelle rien ? C'est bien celle d'Halloween ! Halloween est en quelque sorte la prolongation de Samain et d'autres fêtes encore furent adaptées sous l'influence de nouvelles cultures.

Curieusement, cette fête célébrant les mois sombres de l'année n'a rien d'effrayant ni de sinistre. Elle met simplement l'accent sur la binarité de la vie et de la mort, observées depuis la pénombre. Samain matérialise le cycle de la vie, l'ordre et le chaos de l'univers.

Honorez le féminin sacré en vous lors de la fête de Samain. Pendant plusieurs millénaires, on pensait qu'après une récolte abondante, au moment où les températures baissaient et les jours raccourcissaient, cette journée permettait une connexion étroite avec le monde des esprits.

Les citrouilles, les potirons, les courges et les pommes étaient utilisés pour représenter les récoltes lors de cette célébration.

En ces temps, la population estimait que les ancêtres accordaient leur bénédiction pour l'année à venir et plaçait en leur honneur des friandises sur les autels – l'équivalent des bonbons d'aujourd'hui. Le soir de la fête de Samain, nous honorons la déesse sous la forme de la Femme sage. La déesse se trouve en vous et dans tout ce qui vous entoure. Au cours de la nuit de Samain, illuminée par la lune et vibrant de tous les possibles de l'existence, voyez la beauté autour de vous. Vous êtes la déesse.

Samain est la nuit idéale pour honorer ceux qui furent avant nous. La finesse du voile entre les deux mondes nous offre l'occasion de vivre le lien qui nous unit à nos ancêtres, qui sont aussi nos guides bienveillants. Assurez-vous simplement que votre requête auprès d'eux soit respectueuse de toute forme de vie et conforme aux lois universelles de la nature. Nos désirs devraient être en accord avec le bien de tous et ne nuire à personne. Autorisez-vous à ressentir la bénédiction de Samain.

HIVER

La fête de Yule, dans les traditions nordique, germanique et celtique, débutait lors du solstice d'hiver, soit le 21 décembre dans l'hémisphère nord, le jour le plus court de l'année. Cette journée annonçait le retour du soleil et, symboliquement, de la lumière intérieure. Dans le cycle annuel du soleil, c'est après le solstice que les jours commencent à allonger. À cette période de l'année, les Grecs organisaient un festival en l'honneur de Dionysos et les Romains célébraient le dieu Saturne. Traditionnellement, la fête de Yule durait trois jours et trois nuits, débutant le 21 décembre et s'achevant par un festin le 24 décembre. La naissance du soleil y était ainsi célébrée, la croyance populaire attribuant alors à la Grande Déesse le fait de l'avoir engendré.

Lors de la fête de Yule, de nombreux symboles naturels étaient utilisés. Les arbres à feuillage persistant représentaient la jeunesse, le retour à la vie ainsi que la vie éternelle. Dans certaines régions du Royaume-Uni et d'Europe, on en plaçait un dans le foyer, tradition qui donnera naissance à celle du sapin de Noël que nous connaissons si bien. L'arbre à feuillage persistant évoquait la renaissance, symbolisée par le retour du soleil. La Déesse donnait naissance au soleil pour l'éternité, puisque le soleil renaissait chaque année.

Le houx illustrait la période de l'année précédant le solstice. Étant lui-même un arbuste à feuillage persistant, doté d'épines pour se défendre, il était ainsi porteur d'une signification similaire et possédait de ce fait la capacité à donner la vie. Les nouveau-nés étaient par ailleurs aspergés – en signe de protection – d'une eau dans laquelle avaient baigné des plants de houx durant une nuit de pleine lune, ce qui laisse à penser que l'eau bénite était à l'origine une eau de houx (NdT : en anglais, eau bénite se dit « holy water » et eau de houx « holly water »). Cette pratique était très courante dans les cultures germaniques, à l'origine dédiée à leur déesse analogue à Perséphone, dont la plante sacrée était la baie de houx.

Si le solstice d'hiver symbolisait le retour de la lumière du soleil, le chêne était porteur du même message. Le gui était quant à lui considéré comme une plante guérisseuse et protectrice. Dans certaines traditions, il ne devait en aucun cas toucher le sol et était donc gardé suspendu, censé rester à mi-chemin entre le ciel et la terre. Si les couples s'embrassaient sous le gui, c'est parce que ses baies blanches étaient symbole de fertilité. En outre, la consommation de gui était courante dans les écoles de mystères et les temples des déesses en Europe car ses vertus hallucinogènes provoquaient des visions et des voyages chamaniques.

Il était aussi coutume de penser que le lierre, également symbole de vie éternelle et de résurrection, était un pont entre les mondes, existant sur Terre et dans l'au-delà. Le pin, de la famille des arbres à feuillage persistant en tant que conifère, était réputé pour être source de guérison et de joie dans le foyer ; des branches étaient parfois brûlées pour purifier la maison lors de la fête de Yule. Des couronnes de plantes à feuillage persistant étaient également confectionnées pour symboliser la roue de la vie. Elles étaient suspendues aux portes ou posées sur les autels, avec des bougies, et sont à l'origine des couronnes de Noël.

Lors des Saturnales célébrées dans la Rome antique, l'arbre de Yule, traditionnellement un sapin, était décoré. Les Romains et les Celtes plaçaient un sapin en vie dans leur foyer afin que les esprits du bois puissent rester au chaud durant l'hiver. La décoration de l'arbre consistait en boisson et en nourriture laissées dans ses branches, qui étaient destinées à rassasier ces esprits. Des bougies étaient généralement allumées lors de la fête de Yule afin de chasser l'obscurité et de symboliser le retour de la lumière faisant suite à la renaissance du soleil. Le rouge et le vert étaient quant à eux des couleurs populaires, puisqu'ils évoquaient les baies du houx et les arbres à feuillage persistant ; le doré symbolisait le soleil. De nombreuses traditions de Noël actuelles trouvent ainsi leur origine dans ces fêtes. Dans les traditions germanique, anglo-saxonne et druidique, les gens faisaient des offrandes en l'honneur de la naissance du soleil.

Une célébration avait généralement lieu à la fin de Yule. À Rome, il s'agissait de la fête de Mithra, le fils de la déesse Anahita. En Grèce, le dieu Apollon – né, ainsi que sa sœur jumelle Artémis, de la déesse Léto – est une autre divinité associée au soleil et à la renaissance, il était célébré lors d'un festival de plusieurs jours qui débutait lors du solstice d'hiver. Dans la mythologie nordique, le dieu Odin jouissait des mêmes honneurs à cette époque de l'année. Époux de la puissante déesse Freyja – également connue sous les noms de Frigg et Frigga –, et fils de la géante Bestla, il symbolisait tout à la fois le soleil et le fils ressuscité de la Grande Déesse.

« L'étude de la mythologie ne devrait plus être envisagée comme une fuite de la réalité dans l'imaginaire des peuples qui nous ont précédés mais plutôt comme une matière à même d'apporter une compréhension plus profonde de l'esprit humain. Explorer les montagnes lointaines où demeurent les dieux nous ouvre la voie vers nos origines. »

H. R. Ellis Davidson
Gods and Myths of Northern Europe

3

LA JEUNE FILLE, LA MÈRE ET LA FEMME SAGE

L'Histoire a mis sous le boisseau le rôle de la Déesse ainsi que notre relation au féminin sacré et bien des traditions et des concepts ont disparu ou ont été dénaturés depuis le temps où les déesses étaient vénérées. La notion païenne de Triple Déesse a cependant survécu et continue d'être entretenue. La Triple Déesse ? Vous serez probablement surprise d'apprendre que ce concept est toujours bien présent de nos jours dans notre culture. Il a en effet été repris et adapté par certaines religions, par exemple sous la forme de la Sainte Trinité dans le christianisme.

Les mythologies européennes sont estimées refléter les différentes caractéristiques de la Triple Déesse lors des phases lunaires, ce qui explique pourquoi bien des déesses de la lune étaient vénérées par les civilisations antiques. La Triple Déesse est également associée au cycle de la vie d'une femme : l'enfance, l'évolution vers l'âge adulte et, enfin, le stade du repos et de la méditation de la femme âgée.

D'après la conception originelle du cycle de la vie d'une femme, l'enfant devient jeune fille, le début de la vie adulte est associé au rôle de mère et d'amante et la femme sage, ou la vieille femme aigrie, détient la sagesse tirée des expériences qu'elle a vécues. Ces différentes étapes de la vie ne sont pas uniquement propres aux femmes car la notion de Triple Déesse est par ailleurs censée illustrer les différentes étapes de la vie en général : la jeunesse, la maturité et la vieillesse. La Triple Déesse était ainsi honorée par tous – les hommes, les femmes, les enfants et les personnes âgées –, parce qu'elle représentait parfaitement le cours de l'existence.

La Triple Déesse est une déité unique, mais chacune de ses facettes peut être envisagée distinctement, pourvue d'une personnalité, de traits et de caractéristiques qui lui sont propres. La notion d'unité véhiculée par ce concept nous enseigne l'essentiel pour enrichir notre vie et la rendre plus harmonieuse puisqu'elle nous invite à porter un regard plus aimant, paisible et respectueux sur les différentes étapes de la vie auxquelles nous devrons tous faire face un jour ou l'autre. Il est important d'honorer la Triple Déesse, car elle nous aide à comprendre que, quel que soit le stade de la vie auquel nous nous trouvons, il nous faut accepter les autres afin de vivre une existence heureuse et épanouissante ; nous le savons souvent intuitivement. La Triple Déesse est à l'image de la vie humaine, elle nous est familière au quotidien et nous accompagne parfois inconsciemment. En vous adressant directement à elle, vous pourrez faire surgir des changements considérables en vous, qui auront un impact positif et durable sur le monde qui vous entoure.

LA JEUNE FILLE

La Jeune Fille représente toute la vigueur de la jeunesse et le potentiel de croissance présents dans les premières étapes de la vie. Elle incarne l'élan vital et est généralement associée au printemps puisqu'elle symbolise la naissance et la renaissance à l'entame de chaque nouveau cycle. Si l'on s'en réfère à l'époque où la Triple Déesse était associée aux phases lunaires, la Jeune Fille est liée à la phase de la lune ascendante, corrélée à la phase de début des menstruations et de la puberté.

Au cours de cette période, le monde est beau et reste à découvrir. La Jeune Fille est curieuse, c'est une aventurière du Nouveau Monde ; elle est d'ailleurs souvent désignée par l'archétype de la Chasseresse pour cette raison. À l'image de bien des jeunes, elle est spontanée et n'a pas encore la maîtrise de ses émotions ni de ses actions, qui s'inscrivent dans le cadre des règles posées par la Mère.

La Jeune Fille est parfois appelée la Vierge, mais ce nom ne fait ici aucunement référence à la virginité sexuelle. Dans cette acception, il s'agit d'un être libre et indépendant, qui ne se soumet à personne d'autre qu'à lui-même. Cela ne signifie pas pour autant que la Vierge ne se soucie pas des autres. Bien au contraire, elle se pose en défenseur de tous les êtres vivants envers lesquels elle incite chacun à faire preuve d'empathie.

C'est à travers la Jeune Fille que nous incarnons notre esprit d'indépendance et notre soif de la nouveauté. Nous pouvons utiliser cet archétype régulièrement pour stimuler notre curiosité, notre enthousiasme et notre force intérieure. Vous trouverez dans les pages suivantes quelques-unes des nombreuses déesses associées à l'archétype de la Jeune Fille. N'oubliez pas que certaines peuvent incarner plusieurs archétypes, tels ceux de la Jeune Fille et de la Mère.

Artémis

Artémis, la déesse grecque de la lune, est l'un des exemples les plus célèbres et les plus emblématiques de l'archétype de la Jeune Fille. Elle est principalement connue pour être la déesse de la chasse dans la culture grecque. Elle aurait fait vœu de chasteté éternelle. Cette déesse puissante et au caractère aventureux est également la protectrice de la nature sauvage, des enfants et des femmes.

Brigit

En Europe occidentale, Brigit était considérée comme une déesse indépendante présidant sur le feu, les prophéties et le pouvoir de guérison. Dix-neuf prêtresses entretenaient un feu perpétuel au sein de son sanctuaire de Kildare, en Irlande. Parfois appelée Brigid ou Bridget, Brigit partage avec nous son courage et son assurance fougueuse lorsque nous nous connectons à elle.

Athéna

Athéna est réputée pour être la déesse grecque de la sagesse, des arts et de la justice. Elle est aussi considérée comme la déesse des droits de la femme et de la liberté. Par son incarnation de la Jeune Fille, elle s'oppose à la violence qu'elle juge inutile, bien que la statuaire de cette période la représente généralement en armure.

Ixchel

Ixchel ou Ix Chel, déesse de la nouvelle lune, est une déité maya moins connue sous nos latitudes. Bien que mariée au dieu maya du soleil, elle conserve symboliquement son statut de vierge en raison de son lien étroit avec la phase ascendante de la lune. Elle peut nous aider à générer de nouvelles idées et de nouvelles perspectives.

Dana

Déesse celtique de la Terre, de la sagesse et de la fertilité, Dana est dotée d'une intelligence remarquable et d'une incommensurable bonté. Elle nous aide à développer notre force mentale et à gouverner nos émotions. Dana est une déesse profondément spirituelle, reconnue dans la mythologie celtique irlandaise pour être la mère du peuple des Tuatha Dé Danann, dont les membres se seraient transformés en Leprechauns après l'invasion de leurs terres par les Romains.

Libertas ou Liberté

La déesse Libertas vous est déjà probablement familière grâce à la statue de la Liberté. Dans la mythologie romaine, elle est la déesse de la liberté et, par son appel à l'indépendance, elle incarne idéalement l'archétype de la Jeune Fille. Elle nous aide à trouver notre liberté à l'intérieur de nous-mêmes et vis-à-vis du monde. Elle accueille tous les êtres humains à bras ouverts, sans jamais les juger.

Ēostre

Ēostre est la Jeune Fille en fleur célébrée dans les cultures anglo-saxonnes. Son nom est Ostara dans la mythologie germanique. La fête de Pâques telle que nous la connaissons était à l'origine un festival en son honneur, célébrant son énergie de renouveau au printemps. Elle symbolise les rites printaniers ainsi que la fraîcheur des bourgeons et des fleurs naissantes. Elle est associée à l'amour, à la fertilité et à la santé des organes reproducteurs.

LA MÈRE/L'AMANTE

Le second visage de la Triple Déesse est celui de la Mère. Il marque une évolution depuis le stade précédent et évoque l'aptitude à créer. Traditionnellement, la figure de la Mère se résumait aux rôles de mère et d'épouse, mais dans une perspective plus actuelle, elle est également considérée comme une amante et une créatrice. Elle évoque l'été, lorsque les fruits sont mûrs et la vie bat son plein. Cet aspect de la Triple Déesse est le point culminant du cycle, car il s'agit de la période où sa puissance créatrice est à son comble. Il est donc naturellement lié à la phase lors de laquelle les femmes peuvent concevoir et porter un enfant, mais aussi plus largement à une phase de production artistique intense ou de réalisation de projets innovants pour le bien de tous.

Le caractère de la Mère se définit par le fait d'accepter le passage à l'âge adulte. La transition entre l'enfance et l'âge adulte a lieu lorsque nous prenons la mesure de nos responsabilités et que nous les assumons. La Mère est engagée envers les autres, mais également envers elle-même. Ces deux types d'engagement sont essentiels. Rien ne peut être créé sans une attention minutieuse, une discipline constante et un amour sans limites. La Mère nous enseigne comment cultiver ces caractéristiques et les utiliser en toute situation. Nous pouvons nous tourner vers elle lorsque nous nous sentons dans une impasse et avons besoin d'achever ce que nous avons débuté.

La figure de Mère représente également la relation à l'amour. C'est en elle que l'on trouve l'essence de toute forme d'amour, y compris la spiritualité et les actes de bonté. La Mère est aussi l'Amante ; les déesses qui incarnent l'amour et la sensualité sont d'ailleurs nombreuses.

L'Amante est infiniment passionnée, séduisante et désirable ; elle cherche l'union créative à son plus haut niveau et sans entrave. Elle peut provoquer toutes sortes d'extases, qu'elles soient sexuelles, romantiques, créatives ou même en rapport avec la carrière. Elle incarne la passion, le plaisir et le pouvoir. C'est une déesse de l'amour. Elle sait comment se faire plaisir et faire plaisir à ceux qu'elle choisit d'honorer de ses talents. Forte de son pouvoir, elle a confiance en elle et en sa capacité à faire naître l'amour et le désir. Elle se sait en mesure de manifester tout ce qu'elle pourrait souhaiter.

Les aspects créatifs de la Mère/Amante sont intrinsèques à notre réussite. Les femmes d'aujourd'hui savent s'imposer sur le marché du travail – que cela soit dans les domaines de l'ingénierie, de la médecine ou du leadership –, notamment parce qu'elles maîtrisent mieux que jamais leurs capacités de création. Nous renforçons notre pouvoir grâce à ces archétypes.

Xiwangmu ou Hsi Wang Mu

Également connue sous le nom de Reine-mère d'Occident dans la culture chinoise, Xiwangmu est la déesse de la vie éternelle. Elle est la protectrice de toutes les femmes et peut être considérée comme une mère par tous les êtres. Lorsqu'une fille vient au monde, la famille lui rend grâces.

Flore

Flore est la déesse romaine des fleurs et de la nature. Elle est associée à la Mère par son lien avec la fertilité et sa capacité à faire pousser des matières organiques. Elle incarne également l'archétype de l'Amante par sa capacité à partager sa beauté rayonnante comme elle le désire.

Hauméa

Dans la culture hawaïenne, Hauméa est la déesse de la fertilité et des naissances. Elle a d'ailleurs donné naissance à une autre déesse hawaïenne, Pélé, la déesse du feu et des volcans. Hauméa est considérée comme la mère des îles pour tout ce qu'elle a pu y créer.

Chalchiuhtlicue

Principalement connue pour être la déesse des sources d'eau, notamment des lacs, des rivières et des torrents, Chalchiuhtlicue est une déesse aztèque. Elle préside également aux naissances, en raison du parallèle établi avec la poche de liquide amniotique qui se rompt et de l'eau qui amène avec elle une nouvelle âme.

Nout

Hautement vénérée dans la culture égyptienne, Nout est considérée comme la mère de tous les dieux. Elle incarne le ciel nocturne, né de son amour avec le dieu de la Terre. C'est une déesse nourricière également associée à l'image de la sensualité. Elle protège le monde par son union avec la Terre, sa passion et sa beauté.

Oshun ou Oxum

Oshun est une déesse afro-américaine et yoruba de l'amour et de la mer. Elle incarne l'archétype de l'Amante. Belle et sensuelle, nombre la désirent et elle reste sa propre souveraine. Oshun est puissante ; elle prend des décisions et crée à volonté. Elle est également experte dans l'art de l'amour.

Elle peut contribuer à faire entrer les plaisirs des sens et l'extase passionnelle dans nos vies. Dans certaines traditions, un groupe de trois jeunes hommes l'accompagne afin de l'aider à partager et incarner l'art du plaisir et de la jouissance féminine.

Vierge de la du Cuivre

La Vierge de la Charité du Cuivre, ou Reine de Cuba, est une figure maternelle. Elle protège les femmes. Si l'on vous offre un présent à son effigie, ou si vous trouvez une image d'elle par hasard, elle vous portera chance et veillera sur vous. Elle est une autre représentation de l'archétype de la Mère, associée à une mine de cuivre où elle aurait provoqué un miracle.

LA FEMME SAGE

Le dernier visage de la Triple Déesse est celui de la Femme sage, qui représente une vie bien remplie et toute la sagesse qui l'accompagne. Cet aspect de la Triple Déesse est le plus effrayant pour certains, car il symbolise la fin d'un cycle. La Femme sage incarne toutefois l'arrivée d'une vie nouvelle, car les cycles ne s'interrompent jamais vraiment, ils recommencent. La mort est un événement transformateur.

La Femme sage apporte ses souvenirs, bons et mauvais, et la sagesse qu'ils lui ont enseignée. Elle représente une étape à laquelle chacun peut ralentir en pleine conscience et apprécier tout ce qui s'est produit dans sa vie. C'est en cela que les personnes âgées peuvent être d'un grand secours pour leur communauté.

Une bonne façon de se représenter le rôle de la Femme sage dans les trois aspects de la Triple Déesse consiste à la voir comme une recycleuse d'informations, d'énergie et de matière organique – lorsque la fin inévitable se produit –, qui se retrouvent ensuite dans l'univers pour le fertiliser et lui offrir leur pouvoir.

Hécate

Hécate est la déesse grecque de la lune et du monde souterrain. Elle est une figure chamanique et prophétique ainsi que la gardienne de grands mystères. Tout à la fois créatrice et destructrice, elle possède également une facette nourricière. C'est un bon exemple de déesse à la fois Mère et Femme sage.

Hine-nui-te-pō

Connue pour être la déesse de la mort en Nouvelle-Zélande, particulièrement dans la culture maorie, Hine-nui-te-pō est également une géante. Elle aide celui qui est prêt à changer de forme par la destruction, afin de donner naissance à une vie nouvelle.

Dourga

Dourga est l'une des principales déesses hindoues. C'est une déesse guerrière, très habile au combat. Elle est puissante et féroce, symbolisant la sagesse de la destruction. Dourga est une force transformatrice et bienveillante envers ceux qui se connectent à elle.

Ereshkigal

Ereshkigal est la reine des mondes souterrains dans la mythologie mésopotamienne, à l'inverse de sa sœur Inanna, qui est celle des cieux. Ereshkigal est une figure destructrice, une Mère noire et une Femme sage symbolisant la vérité transformatrice selon laquelle toutes les choses ont une fin puis reviennent à la vie.

Femme araignée

La Femme araignée est une déesse honorée dans le Sud-Ouest américain, chez les Hopis. Elle porte chance. Vénérée pour sa sagesse, elle conte des histoires à son peuple.

Baba Yaga

Baba Yaga est la déesse slave de la mort. Elle est souvent représentée sous les traits d'une femme laide et effrayante, stéréotype fréquent de la Femme sage en raison de son lien avec la mort, qui constitue un aspect naturel et puissant de la vie.

La fée Morgane

La fée Morgane est une puissante sorcière et l'un des personnages principaux de la légende arthurienne. Elle est parfois représentée jeune, ce qui ne l'empêche pas de susciter des transformations grâce à sa sagesse. Cette enchanteresse est une voyante renommée et ses prémonitions peuvent nous aider à envisager notre vie de façon plus lucide et à résoudre certaines situations problématiques.

4

ÉVOLUTION DE LA FIGURE DE L'ÉTOILE DU BERGER

Dans de nombreuses cultures antiques, la mythologie faisait référence à des corps célestes visibles une fois la nuit tombée. Bien avant l'apparition des télescopes et d'autres technologies sophistiquées, les hommes regardaient les étoiles avec émerveillement.

Les mythes et légendes sur les dieux et déesses étaient entremêlés de constats et d'observations sur les étoiles et les planètes avant même qu'elles ne soient distinguées les unes des autres.

Bien souvent, le plus grand corps céleste ou « étoile » que l'on apercevait dans le ciel était la planète Vénus. Pendant des milliers d'années, elle fut associée à la Grande Déesse, notamment à ses figures d'amante et de mère ainsi qu'aux notions de beauté et d'amour. Son appellation évoque d'ailleurs la déesse romaine de l'amour.

Bien avant que les Romains ne commencent à honorer Vénus, cette planète était appelée l'étoile du Berger. Visible la nuit entière et apparaissant généralement juste après le coucher du soleil, lors du passage de la lumière à l'obscurité, elle demeure le plus grand corps céleste. Cette planète a inspiré les poètes et les philosophes mais a également suscité la créativité et le sublime ; elle est ainsi inextricablement liée à plusieurs mythologies.

Lorsque Vénus est visible au crépuscule, près d'un mince croissant de lune, il semble parfois que ce croissant la berce et la soutienne, comme si la lune – autre symbole du féminin – se trouvait aux pieds de la Grande Déesse. De nombreuses cultures associent ces deux symboles. L'étoile et le croissant de lune figurent notamment sur plusieurs drapeaux de pays du Moyen-Orient et sur des pièces de monnaie en Europe. Ils ont également été le symbole de l'Empire ottoman. Mais avant cela, le croissant de lune niché sous les pieds de la Grande Déesse/l'étoile du Berger provenait aussi d'une image plus matriarcale employée pour honorer et commémorer le féminin sacré. Cette symbolique perdure, bien qu'une partie de sa signification soit aujourd'hui largement oubliée.

ANAHITA (400 AV. J.-C., MYTHOLOGIE PERSANE)

Anahita était la déesse persane associée à la planète Vénus. Particulièrement liée à l'élément eau et aux eaux de la vie, elle préside à la guérison et à la fertilité.

LAKSHMI (1000 AV. J.-C., MYTHOLOGIE HINDOUE)

En astrologie védique, Lakshmi était associée à la planète Vénus. Elle était la déesse de la prospérité, de l'abondance et de la fortune. Dans la mythologie, elle avait choisi d'épouser le dieu védique Vishnou.

Ensemble, ils symbolisaient l'union parfaite. De nombreux rituels continuent d'être pratiqués en leur honneur, notamment lors des mariages. Lakshmi est une déesse de l'amour et du romantisme.

ASTARTÉ (3100 AV. J.-C., MYTHOLOGIE DU PROCHE-ORIENT)

Astarté était associée à l'étoile du Berger. Cette déesse est l'équivalent mésopotamien de la reine du ciel. Son rayonnement était tel qu'elle fut adoptée par les Phéniciens – qui la nommaient Ashtart – ainsi que par les Cananéens et une minorité d'Égyptiens – pour lesquels elle était Ashera. Elle aidait ses fidèles et les autres déesses à évoluer dans les domaines de la romance, de l'amour, de la sexualité, du plaisir, de la beauté, de la fertilité et de la paix intérieure grâce à l'acceptation de soi. La fleur sacrée qui lui est associée est la fleur de pommier. Lorsque l'on coupe une pomme en deux horizontalement, ses pépins forment une étoile. La fleur de pommier et ce symbole étaient largement liés à Astarté, l'une des premières reines du ciel.

INANNA (4000 AV. J.-C., MYTHOLOGIE SUMÉRIENNE)

Inanna était une déesse mésopotamienne considérée comme une reine du ciel – en particulier par les Sumériens. L'un des principaux temples qui lui étaient consacrés se trouvait à Uruk, une ville de l'ancienne Mésopotamie dont la zone géographique correspond aujourd'hui à celle de l'Irak. Inanna bénissait ses fidèles et les encourageait à valoriser l'amour, les relations amoureuses et le plaisir ; l'estime de soi et l'accomplissement de son être ; et accordait également son aide dans la pratique de la justice et du pouvoir politique.

La déesse romaine Liberté trouve probablement son origine dans les mythes relatifs à Inanna.

Certaines analyses laissent entendre que le temple d'Inanna à Uruk, de même que d'autres temples dédiés à Ishtar, étaient des lieux de prostitution, ce qui est très éloigné de la vérité. Cette déesse officiait sur la voie de la spiritualité. Elle était également l'une des rares à accueillir les femmes qui choisissaient de ne pas se marier. Ces prêtresses apprenaient plutôt à lire – ce qui était rarement le cas des femmes mariées –, étudiaient et exploraient leur spiritualité.

Certaines apprenaient des rites et rituels visant au plaisir des femmes et des hommes. Il arrivait parfois que certaines prêtresses vénérées prennent part à des relations sexuelles rituelles avec un roi ou un jeune homme sacrificiel. La prêtresse incarnait alors la Grande Déesse et accordait ses faveurs au représentant du masculin sacré. Ce rituel était censé apporter récoltes abondantes et prospérité au royaume.

Des recherches au mis au jour des textes chantés par les prêtres sumériens en l'honneur d'Inanna, reine du ciel, dont voici un extrait : « Je tiens à saluer celle qui se révèle dans les cieux, celle qui se révèle dans les cieux / Je tiens à saluer la grande prêtresse qui se révèle dans les cieux / Je tiens à saluer la grande reine des cieux, Inanna / Je tiens à saluer celle qui emplit les cieux de l'éclat le plus pur, la lumineuse déesse / Inanna, dont la splendeur égale celle du soleil, la grande reine des cieux. »

Inanna est également connue pour le couple sacré qu'elle forme avec Dumuzi. Ensemble, ils incarnent l'union divine extatique du féminin et du masculin. Ils nous incitent à rechercher l'union parfaite dans toutes nos relations et à ne pas nous contenter de ce qui n'est pas le meilleur pour nous afin de nous réaliser pleinement.

ISHTAR (4000 AV. J.-C., MYTHOLOGIE BABYLONIENNE)

Ishtar était une déesse babylonienne très aimée, veillant sur les domaines de l'amour, de la fertilité et de la justice. Cette puissante déesse, dont l'énergie est impressionnante, se pose en héraut de l'amour divin et de l'amour sensuel mais représente également la politique et la justice. Reine du ciel particulièrement vigoureuse, prête elle aussi un visage divin à l'étoile du Berger.

Ishtar enseignait par ailleurs à ses fidèles que l'union sacrée du féminin et du masculin s'exerce en chaque être humain. Ce mariage est symbolisé par l'union entre la déesse et Tammuz, son époux. Ishtar nous enseigne ainsi par son exemple à incarner féminité et sensualité tout en reposant sur de solides fondations tournées vers le respect de la justice.

ISIS (2000 AV. J.-C., MYTHOLOGIES ÉGYPTIENNE ET PHÉNICIENNE)

Isis est une représentation célèbre de la reine du ciel, vénérée durant plusieurs siècles par les peuples égyptien et phénicien et, de manière plus restreinte, dans la Grèce antique. Évoquant elle aussi l'étoile du Berger, cette déesse nous apporte son aide en matière de maîtrise de soi, d'amour et de relations amoureuses, de fertilité et de beauté mais aussi de bien d'autres sujets. Pour beaucoup, il s'agissait d'une déesse universelle, à la fois l'incarnation de la Grande Déesse et la divinité vers qui l'on pouvait se tourner pour obtenir des conseils. De nombreux temples lui étaient dédiés à travers les territoires du Moyen-Orient.

Selon le mythe d'Isis, elle se serait rendue aux Enfers afin de retrouver le corps démembré en sept parties de son époux Osiris – assassiné par Seth, le frère de ce dernier – et lui aurait redonné la vie. Lors de ce voyage dans les ténèbres, elle rencontra sa propre part d'ombre qu'il lui fallut intégrer afin d'atteindre l'unité de son être. Cet épisode constitue un mythe partagé avec Inanna et Ishtar qui durent elles aussi traverser le royaume des morts à la recherche de leur mari démembré. Ishtar a ainsi retrouvé Tammuz tandis qu'Inanna revint avec Dumuzi après l'avoir ressuscité. Dans ces deux histoires qui se confondent, le meurtre avait été commis par Ereshkigal, sœur d'Ishtar/Inanna et reine des Enfers.

L'étoile du Berger ne se contente pas d'être belle, elle fait preuve dans ce mythe d'un immense courage en affrontant sa peur et ce qu'elle doit accomplir. Tant de femmes font de même chaque jour ! Les mères qui élèvent leurs enfants comme des lionnes sont elles aussi confrontées à la peur et à l'incertitude. Si nous sommes toutes exposées aux tourments infligés par notre part d'obscurité, il nous est donné la possibilité de faire appel à l'étoile du Berger et à la reine du ciel présentes en chacune de nous, afin d'apprendre à relever ces défis et puiser la force nécessaire dans la beauté profonde de notre féminité.

APHRODITE (300 AV. J.-C., MYTHOLOGIE GRECQUE)

Autre personnification de l'étoile du Berger, Aphrodite serait née de l'écume. Elle est la déesse de l'amour par excellence, nous guidant quant à nos questions liées à la beauté, aux relations amoureuses, à la passion et au plaisir ; elle nous enseigne en particulier comment mieux vivre et accepter notre sensualité et surtout comment incarner l'amour pleinement, de par le corps, l'esprit, le cœur et l'âme. En tant que déesse de l'amour, Aphrodite règne sur les relations amoureuses, l'amour-propre et l'amour inconditionnel envers soi-même et envers les autres.

De nombreux tableaux figurent cette déesse grecque sous les traits de Vénus, la version romaine de sa divinité – le plus célèbre étant *La Naissance de Vénus* de Botticelli. Ces tableaux la représentent généralement triomphante et d'une beauté victorieuse. Elle est elle-même, sans la moindre hésitation.

Aphrodite peut nous aider à incarner ce niveau d'acceptation de nous-mêmes et nous rappelle, puisque la beauté est en chacun de nous, qu'il est possible de vivre cette victoire d'être qui nous sommes véritablement.

De très nombreux temples lui étaient dédiés. L'autel d'Aphrodite Ourania, à Athènes, peut toujours être visité. Il a été érigé au début du ve siècle av. J.-C.

FREYJA (500 AV. J.-C., MYTHOLOGIE NORDIQUE)

Freyja est une déesse nordique de la beauté et de la puissance, associée à l'étoile du Berger. Dispensant sa sagesse sur les interrogations liées à l'amour et à la passion, elle symbolisait la Grande Déesse et la reine du ciel pour de nombreux peuples du Nord. Freya est une déesse qui fut très aimée, considérée comme céleste par nature. En tant que reine du ciel, elle apportait sa bénédiction aux femmes et aux enfants.

Cette puissante déesse est d'une grande bienveillance ; elle a pour particularité d'incarner dans un même tenant le principe réceptif féminin et le principe actif masculin. Le dieu Odin, son époux, et elle formaient l'idéal du couple nordique dans toute sa puissance, représentant harmonieusement le féminin et le masculin sacrés par leur union merveilleuse et passionnée tout comme leur partenariat dans l'action.

VÉNUS (600 AV. J.-C., MYTHOLOGIE ROMAINE)

Vénus est une déesse de l'amour portant le même nom que l'étoile du Berger. Elle était considérée comme la reine du ciel et, bien entendu, associée à l'astre Vénus. En tant que déesse de la passion et de l'amour, elle favorise les relations amoureuses et le désir. Elle était également reconnue pour apporter la fertilité. Vénus est une déesse puissante, associée à la notion de victoire. Elle peut vous aider à accepter le féminin sacré en vous, notamment grâce à l'archétype de l'Amante : celle qui donne et qui reçoit de l'amour. Le féminin étant, d'une certaine manière, récepteur face au principe masculin qui est acteur, Vénus peut vous aider à vous connecter à votre passion (principe actif) et vos désirs (principe réceptif). Combinées, ces deux facettes feront de vous une déesse du plaisir !

Énée, le héros de l'*Énéide*, est guidé par l'étoile du berger sous une forme céleste personnifiée. L'auteur, Virgile, la cite également concernant l'ascension au ciel de l'esprit de Jules César ; il s'agit de Vénus elle-même.

MARIE (100 AV. J.-C., MYTHOLOGIE HÉBRAÏQUE)

Certains récits sur la déesse connue par beaucoup sous le nom de Marie, mère de Dieu, débutent avant qu'elle ne donne naissance au personnage mythologique de son fils, Jésus. Elle aurait été prêtresse formée aux mystères spirituels dans un temple dédié à la déesse Isis et aurait gravi les échelons jusqu'à en devenir la grande prêtresse, parfois appelée « Madeleine » dans certains temples de la région à cette époque.

Certains pensent que son apprentie Mari lui aurait succédé en tant que grande prêtresse ou Madeleine de ce temple.

Elle est appelée reine du ciel dans de nombreuses traditions religieuses et spirituelles. Bien qu'associée à l'étoile du Berger, elle est parfois aussi liée à l'étoile du Matin, qui ne serait autre que la planète Vénus visible le matin à certaines périodes de l'année. Il s'agit peut-être d'un corps céleste qui aurait été observé par des personnages bibliques.

Marie est la déesse de l'amour inconditionnel et de la bienveillance sans limites. À la fois mère et amante, elle procure de la puissance par ses soins et sa beauté. Reine du ciel par nature, elle nous protège par son amour, sa gentillesse, son soutien et nous donne la force d'incarner la mère divine dans toute sa splendeur.

5

UNE DÉESSE FAITE D'ARGILE ET D'ÉTOILES

Elle transforme tout ce qu'elle touche. Elle transforme tout ce qu'elle touche » chantait Twyla. Cette professeure de médecine a formé ma propre professeure. Il s'agissait de notre deuxième rencontre. Elle avait invité un petit groupe de femmes dans sa maison de campagne en Nouvelle-Angleterre. Nous devions être vêtues de blanc et nous présenter au coucher du soleil. Quelques femmes, certainement ses apprenties, étaient arrivées plus tôt pour préparer l'endroit où le feu serait allumé une fois le soleil couché.

Le feu brûlait. Au départ, il était composé d'une haute pile de bûches formant une tour circulaire. Au fur et à mesure que cette tour se consumait et s'affaissait, Twyla a commencé à chanter : « elle transforme tout ce qu'elle touche. Elle transforme… », et nous nous sommes mises à chanter avec elle. Nous chantions la Grande Déesse.

Cette scène a eu lieu au début des années 2000. Cela faisait environ cinq ans que j'avais commencé à me former à la médecine et je travaillais en tant que praticienne en médecine intuitive depuis deux ans. Alors que le feu faiblissait, Twyla a commencé à ratisser.

Elle a transformé ce qui en restait en un tapis de braises rougeoyantes, sur lesquelles nous avons marché. Nous les avons traversées. Nous avons posé nos intentions pour ce jour de la Toussaint, le 1er novembre, le lendemain de la fête de Samain. Twyla disait que, ce jour-là, les voiles étaient les plus fins. J'ai marché deux fois sur les braises brûlantes cette nuit-là. J'ai senti la présence de la Grande Déesse en moi et autour de moi, et celle de toutes les femmes dans les braises. Chacune de nous a ressenti sa propre version d'ELLE, qui transforme tout ce qu'elle touche. Cette nuit-là, Twyla nous a ouvert la porte, accompagnée des esprits présents sur son terrain et de tous les ancêtres qui l'ont précédée.

La première fois que j'avais rencontré Twyla, c'était chez elle. Elle nous avait invitées, Levity (ma professeure de médecine) et moi, à une cérémonie. Cette cérémonie s'est tenue pendant la nuit, comme celle de la traversée des braises, qui s'est produite quelques mois plus tard. Nous n'étions que trois cette nuit-là. Nous nous sommes installées dans la serre de Twyla. C'était un endroit magique, rempli de plantes exotiques et baigné de la lumière de la pleine lune. Elle nous avait invitées à assister à une cérémonie en l'honneur de l'esprit du cactus cierge, dont la floraison, très rare, a lieu pendant la nuit. Son cactus devait fleurir pendant cette nuit de pleine lune. Il était là, bien droit et orné de fleurs. Son parfum était enivrant. Cette nuit-là, Twyla m'a présenté la Grande Déesse comme étant CELLE faite d'argile et d'étoiles. La cérémonie fut merveilleuse et intense. Comme souvent lorsque l'on entre dans un état de transe, je ne me souviens pas de tout. Il me reste des impressions de douceur, de féminité, de réceptivité, de parfum enivrant, d'enchantement, de beauté et de mystère. Nous avons senti que le royaume des fées n'était pas loin. Nous nous sommes connectées à la déesse Dana. Elle représentait le féminin sacré. Cette nuit-là, Dana m'a adoptée.

J'ai senti qu'elle était étroitement connectée à Twyla. Dans la lignée de transmission du savoir médical que je recevais de Levity, Twyla était comme ma grand-mère. De sa voix magnifique et éthérée, elle parlait en tant que représentante de « celle faite d'argile et d'étoiles ». Avec ma vision intérieure, j'ai vu toutes les dimensions où Dana est présente. J'ai compris de manière expérimentale ce que Twyla voulait dire. La Grande Déesse est faite d'argile et d'étoiles. Elle est née dans les étoiles, mais son corps est fait de l'argile présente dans la terre. Elle incarne à la fois le ciel et la terre. Vous pouvez sentir sa présence en vous, car elle fait partie de vous. La Grande Déesse peut transformer tout ce qu'elle touche. Elle est insaisissable, car elle est tout.

6

LA DÉESSE À TRAVERS LE MONDE

Les déesses et leurs différentes personnalités, attributs et mythes sont étroitement liés aux cultures dans lesquelles elles sont apparues. Elles symbolisent d'ailleurs en grande partie leurs idéaux. Certaines thématiques comme la lune, la fertilité ou la création se retrouvent dans toutes les régions du monde, mais vous vous rendrez rapidement compte que chaque déesse est, avant tout, unique et elle-même.

AFRIQUE

Les premières traces de vie humaine ont été découvertes en Afrique. Il n'est donc pas étonnant que ce soit une région du monde où l'on retrouve un grand nombre de croyances, nourries et façonnées par les modes de vie primitifs des chasseurs-cueilleurs ainsi que par la pratique de l'agriculture. La majorité des mythes prennent place au sein du royaume de la nature, dans lequel vivaient les hommes. Les animaux et les esprits y sont souvent présents sous forme d'êtres mythiques dotés de pouvoirs.

Chez les Fons, Yewa est la première femme à avoir vécu sur Terre. Elle a élevé ses enfants dans le culte puis est retournée au ciel au bout de sept ans. Mawu est la déesse de la lune et de la nuit, et son frère jumeau règne sur le jour. Dans la mythologie africaine, de nombreuses déités étaient jumelles, chaque jumeau représentant une partie d'un tout. Le peuple yoruba doit son nom à Yoruba, déesse de la fertilité et de la terre, dont il serait issu. La civilisation égyptienne a de nombreuses déesses communes avec les civilisations africaines.

ASIE

Le plus vaste continent de la Terre possède une myriade de traditions qui trouvent leur origine dans les migrations, les légendes orales et les textes sacrés. Dans la Chine antique, Nuwa était la déesse de la création et une déité de la fertilité. Xiwangmu, également appelée Reine-mère d'Occident, est une déesse de la vie éternelle, protectrice de toutes les femmes. C'est à elle que l'on demande conseil et soutien lors de la naissance d'une fille. Guanyin, déesse de la miséricorde pouvant aussi être invoquée lorsque l'on désire concevoir un enfant, est présente à la fois dans les cultures indienne et chinoise, exemple d'une fusion culturelle fascinante.

Dans le Japon antique, les déesses avaient des rôles spécifiques, en général associés à des aspects légers et heureux de la vie. Uzume est la déesse shinto de la gaieté et de la danse. Amaterasu, déesse du soleil, protège aussi le tissage. Wakahiru-me est la déesse du soleil levant. Il est intéressant de relever que la figure féminine est souvent liée au pouvoir et à l'énergie du soleil.

Benzaiten est la déesse de la musique, de la chance et de l'éloquence. À une certaine époque, le Moyen-Orient était peuplé de civilisations qui vénéraient des femmes, en particulier la civilisation mésopotamienne très prospère en Assyrie, à Babylone et à Sumer. Plus tard, dans la même région du monde, appelée alors le Croissant fertile – qui comprend des régions de l'Irak et de l'Iran actuels –, la civilisation phénicienne vouait un culte à de nombreux archétypes de déesses tels qu'Astarté, Ashera et Ashtoreth.

AUSTRALIE

En dépit du fait qu'elles soient séparées des autres continents sur le plan géographique, l'Océanie et l'Australie en particulier regorgent de déesses et partagent plusieurs thématiques avec le reste du monde. En Australie, chez le peuple aborigène, ce sont les histoires à propos de la création et des voyages qui dominent. Pour le peuple Yolngu, les sœurs Wagalak ont parcouru le pays à pied et donné leurs noms aux différents animaux, végétaux et lieux.

On trouve une multitude de déesses dans les îles qui constituent l'Océanie. Hine-Tei-Wauin était la déesse polynésienne de la naissance. Le charme qu'elle employait pour faciliter les accouchements serait toujours utilisé en Nouvelle-Zélande. Les Maoris appellent la Terre mère « Papa » ; c'est elle qui a répandu la vie sur Terre. À Hawaï, Pélé est la déesse hawaïenne du feu et des volcans et demeure dans cette culture l'un des êtres les plus puissants.

EUROPE

Peuples et finnois dans le Nord, celte dans l'Ouest ou slave dans l'Est, les civilisations qui ont peuplé l'Europe sont nombreuses et leurs idéologies se rejoignent sur plusieurs thèmes. Avant que l'Empire romain ne s'impose, les Étrusques peuplaient la Toscane actuelle. Les Grecs et les Romains sont les peuples dominants les plus connus. Bien que les mythes de la création diffèrent, plusieurs peuples partageaient l'idée qu'il existait une famille originelle de dieux et de déesses, qui ont pu avoir des interactions avec les dieux issus d'autres familles mythologiques de traditions proches.

Dans la tradition nordique, Frigg est la déesse de la fertilité et la reine des Ases. Elle est également connue en tant que Freyja, une déesse de la fertilité incarnant la beauté et l'amour. Pour le peuple finnois, Luonnotar est la fille de l'air, qui a créé le monde en laissant tomber des œufs dans l'eau, œufs qui ont donné naissance à tout ce qui existe sur Terre et au-delà. Chez les Slaves, la répartition des rôles dans la famille se faisait en fonction des sexes. Cette idée était tellement prédominante chez eux qu'ils vénéraient des déesses de la maison telles que Kikimora, qui aidait les femmes dans les tâches ménagères et Dugnai, qui était la déesse du pain. Les Celtes vouaient un culte à Nantosuelte, déesse de la Terre et du foyer. On retrouve aussi dans leur mythologie le concept de la Triple Déesse, incarnée par la Triple Mère, un seul et même être représenté par trois femmes.

AMÉRIQUE DU NORD

Les divers peuples natifs d'Amérique du Nord sont apparus sur le continent il y a 12 000 ans environ. Ils se sont progressivement déplacés vers l'Amérique du Sud. Ces civilisations pouvaient être identifiées par différents marqueurs culturels et relatifs à leur mode de vie. Les déesses qu'ils vénéraient reflétaient donc ces réalités. Le peuple des Inuits du Caribou dans les régions arctiques, par exemple, vivait de la chasse et de la pêche. L'une de ses principales déesses était Pinga, déité de la chasse, qui orientait les animaux vers leurs chasseurs.

On retrouve dans de nombreuses sociétés des déesses liées de près ou de loin à la nourriture, ce qui est cohérent avec les autres thèmes habituellement associés aux femmes, à savoir la fertilité et la création. Les Indiens des grandes plaines américaines honoraient une déesse de l'agriculture appelée Mère du maïs, qui le faisait pousser. Toujours dans les grandes plaines, la Femme bison blanc était adulée pour son aide pour rassembler puis diviser les hordes de bisons.

En Amérique du Nord et en Amérique centrale, le maïs était considéré comme un aliment de base. Dans le Sud-Ouest américain, les Navajos vénéraient la Femme maïs jaune qui leur apportait le maïs. Pour eux, le maïs était une plante sacrée, également employée lors de cérémonies rituelles. En Amérique centrale, les Aztèques honoraient plusieurs déesses du maïs, parmi lesquelles Chicomecoatl, qui représentait les semences conservées pour les cultures de l'année suivante.

Au Mexique et en Amérique centrale, les déesses mayas et aztèques telles que Xochiquetzal, Ixchel et Coatlicue (parfois appelée Toci "notre grand-mère") étaient invoquées au cours de rituels élaborés.

AMÉRIQUE DU SUD

En Amérique du Sud, les différents peuples étaient beaucoup plus portés sur la religion et tous les rites qui l'accompagnent qu'en Amérique du Nord. Le culte des dieux et déesses était particulièrement recherché et nécessitait des ornementations complexes. Des temples de pierre imposants étaient érigés en leur honneur. Mama Quilla était la bien-aimée déesse de la lune, qui incarnait le temps qui passe et la fertilité. Les Incas la considéraient comme la protectrice des femmes. Lorsqu'une éclipse se produisait, ils pensaient que cela signifiait que Mama Quilla se faisait attaquer par un grand serpent. Les Incas étaient très protecteurs envers elle. Pour interrompre cette attaque, ils faisaient beaucoup de bruit afin de faire fuir le serpent. Chaska-Qoylor était une déesse phare, honorée comme la servante du soleil et la protectrice des jeunes filles.

Le climat d'Amérique du Sud, bien que considéré comme tropical, rendait en réalité les conditions de vie très difficiles. Les prières appelaient souvent la pluie, indispensable pour des cultures abondantes. Pachamama était la déesse de la Terre, qui venait juste après le dieu du soleil. Elle était surnommée « celle qui donne la vie » et on lui laissait en offrande des feuilles de coca afin qu'elle prodigue de bonnes récoltes.

On retrouve à travers le monde des thèmes communs aux différents cultes des déesses. On pensait qu'elles pouvaient agrémenter la vie par la création, la fertilité, l'amour, la justice, l'art, la musique, les mathématiques, l'agriculture et l'intuition. Le féminin sacré influait sur la vie et était vénéré aux quatre coins de la planète. La déesse sacrée participait à la vie quotidienne. Elle faisait des miracles et répandait la beauté. Elle était présente dans les arcs-en-ciel.

Elle était la récolte abondante. Elle était la lune et les étoiles dans le ciel et la terre sous les pieds. Elle insufflait la vie aux bébés et l'entretenait. Elle emmenait les morts dans l'au-delà. Elle était tout.

Aujourd'hui, en tant que déesses des temps modernes en formation, nous pouvons nous inspirer de ces traditions et créer la nôtre afin de partager la beauté et la bienveillance du féminin sacré avec nos filles, nos nièces, nos amies et nos proches. Les mères qui respectent leur nature féminine élèveront des fils qui traiteront les femmes avec respect et égards et comprendront l'interaction entre les essences masculine et féminine. Connectons-nous à notre féminin sacré profond pour puiser dans cette source d'inspiration infinie. Nous contribuerons ainsi à transmettre la sagesse ancestrale de la déesse.

7

LISTE ALPHABÉTIQUE DES DÉESSES

ABONDANCE — Prospérité, réussite, abondance, chance ; mythologie romaine/Scandinavie

ADITI — Mère des dieux et du cosmos ; hindouisme/Inde

AMATERASU — Déesse du soleil et du tissage ; shintoïsme/Japon

AMMOUT — Dévoreuse des morts, elle mangeait le cœur des personnes mauvaises ; mythologie égyptienne/Égypte

APHRODITE — Déesse de l'amour et de la beauté ; mythologie grecque/Grèce antique

ARTÉMIS — Déesse de la chasse, de la chasteté et de la virginité ; mythologie grecque/Grèce antique

ASHERAT — Déesse de la fertilité ; mythologie cananéenne/Côte méditerranéenne

ASTARTÉ — Véritable souveraine du monde, Déesse mère ; époque préchrétienne ; symbole : fleur de pommier

ATHÉNA — Déesse de la sagesse, du tissage et de la guerre ; mythologie grecque/Grèce antique ; animal : chouette

BABA YAGA — Déesse de la mort ; mythologie slave/Europe orientale

BASTET — Déesse de la sexualité et de la naissance ; mythologie égyptienne/Égypte ; animal : chat

BENTEN — Déesse de la musique, de la chance et de l'éloquence ; shintoïsme/Japon ; symbole : biwa

BENZAITEN — Déesse de l'amour ; hindouisme/Inde

CALYPSO — Déesse du silence ; mythologie grecque/Grèce antique

CENTEOTL — Déesse du maïs ; mythologie aztèque/Amérique centrale

CHALCHIUHTLICUE — Déesse des rivières, des lacs et des sources d'eau ; également considérée comme déesse de la naissance (rupture de la poche des eaux) ; mythologie aztèque/Amérique centrale

CHANG'E — Déesse de la lune ; associée aux gâteaux de lune ; mythologie chinoise /Chine antique

CHASKA-QOYLOR — (Vénus) divinité stellaire, servante du soleil, protectrice des jeunes filles ; mythologie inca/Amérique du Sud

CHICOMECOATL — Déesse du maïs, représentait les semences conservées pour les cultures de l'année suivante ; mythologie aztèque/Amérique centrale

CORÉ — Bénit les morts, gardienne de la clé du monde souterrain et du ciel ; mythologie préhellénique

COYOLXAUHQUI — Déesse de la lune ; mythologie aztèque/Amérique centrale

CYBÈLE — Déesse mère ; mythologie romaine/Empire romain

DAME DU LAC — Protectrice de l'humanité ; mythologie celtique/Grande-Bretagne et Europe occidentale

DÉESSE DES ORAGES — Capable de provoquer des inondations ; mythologie maya/Amérique centrale

DÉMÉTER – Déesse de l'agriculture ; mythologie grecque/Grèce antique ; symbole : épi de blé

DEVÎ — (Mahâdevî) Principe féminin ; hindouisme/Inde

DIANE — Protectrice de la vie sauvage et déesse de la lune ; mythologie romaine/Empire romain

DOURGA — Déesse de la guerre ; hindouisme/Inde

DUGNAI — Déesse de la maison, aide à faire le pain ; mythologie slave/Europe de l'Est

ÉLEUTHÉRIA — Déesse de la liberté ; mythologie grecque/Grèce antique

ÉPONA — Déesse de la terre ; mythologie celtique/Bretagne et Europe occidentale ; animal : cheval

ERESHKIGAL — Déesse des ténèbres régnant sur le monde des morts ; mythologie babylonienne/Asie occidentale ; créature : mi-vautour, mi-serpent

ÉRIS — Déesse de la discorde ; mythologie grecque/Grèce antique ; symbole : pomme d'or

ÈVE — Mère de tous les êtres vivants ; christianisme

FÉE MORGANE — Fée ; mythologie celtique/Grande-Bretagne et Europe occidentale

FEMME ARAIGNÉE — Porte-bonheur ; mythologie hopi/Sud-Ouest américain

FEMME BISON — Provoquait la dispersion des troupeaux de bisons ; mythologie amérindienne/Grandes plaines américaines

FEMME CHANGEANTE — Déesse de la création, qui représente le cycle de la vie ; mythologie navajo/Sud-Ouest américain

FEMME MAÏS — Fait pousser le maïs ; mythologie amérindienne/Grandes plaines américaines

FEMME MAÏS JAUNE — A apporté le maïs aux Navajos avec son frère jumeau ; mythologie navajo/Sud-Ouest américain ; le maïs est une plante sacrée employée lors des cérémonies en son honneur

FEMME NUÉE ÉCLATANTE — Protectrice des poissons ; mythologie amérindienne/Côte Ouest américaine

FILLE SANS PARENTS — Premier être vivant, a contribué à la création du monde ; mythologie apache/Sud-Ouest américain

FLORE — Déesse de la nature ; mythologie romaine/Empire romain

FORTUNE— Déesse de la chance ; mythologie romaine/Empire romain ; symboles : gouvernail, roue et corne d'abondance

FREYJA — Déesse de la fertilité, de la magie et de la richesse ; symbole de la liberté sexuelle ; mythologie nordique/Scandinavie

FRIGG — Déesse de la pluie et de la fertilité, capable de prédire l'avenir, reine des Ases ; mythologie nordique/Scandinavie

GANGA — Déesse du Gange et de la pureté ; hindouisme/Inde

GEFJON — Assistante de Frigg ; mythologie nordique/Scandinavie

GRANDE DÉESSE, LA (Terre mère) — Créatrice de l'univers, gardienne de la fécondité ; Antiquité

GUANYIN — Déesse de la miséricorde, invoquée pour faciliter la conception d'un enfant ; bouddhisme/Inde et Chine

GUENIÈVRE — Souveraine du pays de Galles ; mythologie celtique/Bretagne

GUINEVERE — Épouse du roi Arthur ; mythologie celtique/Bretagne et Europe occidentale

HANNAHANNA — Déesse mère ; mythologies hittite et anatolienne/Asie occidentale

HARMONIE — Déesse de l'harmonie ; mythologie grecque/Grèce antique

HATHOR — Déesse-vache, gardienne des femmes et protectrice des amants ; mythologie égyptienne/Égypte ; plante : papyrus

HAUMÉA — Déesse de la naissance ; mythologie hawaïenne/Hawaï

HÉBÉ — Déesse de la jeunesse, chargée de servir l'ambroisie et le nectar ; mythologie grecque/Grèce antique

HÉCATE — Déesse de la magie, patronne des sorcières ; mythologie grecque/Grèce antique

HÉRA — Déesse du mariage et de la naissance, reine de l'Olympe ; mythologie grecque/Grèce antique

HERECURA — mythologies celtique et germanique

HESTIA — Déesse du foyer, supervise l'ordre social ; mythologie grecque/Grèce antique

HINA — Grande Déesse des Polynésiens ; mythologie polynésienne/îles du Pacifique

HINE-NUI-TE-PO — Déesse de la mort, géante ; mythologie maorie/Nouvelle-Zélande

HINE-TEI-WAUIN — Déesse de la naissance ; le charme qu'elle récite facilite l'accouchement (il serait toujours employé en Nouvelle-Zélande) ; mythologie polynésienne/îles du Pacifique

HYGIE — Déesse de la santé ; mythologie grecque/Grèce antique

IDUNN — Déesse du printemps ; mythologie nordique/Scandinavie ; symbole : pommes de la jeunesse éternelle

INANNA — Reine du ciel, déesse de la pluie et de la lumière de la lune ; mythologie sumérienne/Irak et Sumer ; âge de bronze

IRIS — Déesse des arcs-en-ciel, messagère de Héra ; mythologie grecque/Grèce antique

ISHTAR — Déesse de la fertilité et de la sexualité, étoile du Berger, assimilée à la planète Vénus ; mythologie babylonienne/Asie occidentale ; animal sacré : lion. Pour le peuple sumérien, elle était la déesse de la guerre et l'étoile du matin.

ISIS — A donné naissance au soleil et à la lune, au ciel et à la terre, au féminin et au masculin, au Nil ; mythologie égyptienne/Égypte

IXCHEL – Dame arc-en-ciel, déesse de toutes les choses et de la grossesse, capable de prédire l'avenir ; mythologie maya/Amérique centrale

JANAÍNA — Également appelée Yemanja, déesse de l'océan ; mythologie yoruba/Brésil

JUNON — Reine des dieux, protectrice du mariage et des femmes ; mythologie romaine/Empire romain

KALI — Énergie féminine pure, protectrice de l'univers, matrice ; hindouisme/Inde

KAMRUSEPA — Déesse de la guérison et de la magie ; mythologies hittite et anatolienne/Asie occidentale

KI– Déesse de la terre, mère de tous les dieux et des mortels ; mythologie sumérienne/Asie occidentale

KIKIMORA — Déesse du foyer, assiste les femmes dans les tâches ménagères pénibles ; mythologie slave/Europe orientale

KYLLIKKI — Déesse de l'amour ; mythologie finnoise/Europe du nord

LAKSHMI — Déesse de la chance et de la beauté ; hindouisme/Inde ; apprécie les bijoux scintillants ; les fidèles l'honorent avec des lanternes

LILITH — Déesse de la mort ; mythologie hébraïque

LUONNOTAR — Créatrice du monde ; mythologie finnoise/Europe du nord

MAÂT — Déesse de la vérité, de l'harmonie et de la justice ; mythologie égyptienne/Égypte

MAÏA — Déesse du printemps et de la renaissance, changée en constellation ; mythologie grecque/Grèce

MAMA QUILLA — Déesse de la lune, du temps qui passe et de la fertilité, également protectrice des femmes ; mythologie inca/Amérique du Sud ; symbole : éclipse

MATI-SYRA-ZEMLYA — Déesse de la Terre ; mythologie slave/Europe orientale

MAWU — Déesse de la lune ; mythologie fon/Afrique occidentale

MÈRE ORIGINELLE — S'est sacrifiée pour son peuple au cours d'une famine ; mythologie amérindienne/Nord-Est américain

MESKHENET — Déesse de l'accouchement ; mythologie égyptienne/Égypte ; symbole : briques d'accouchement

MORRIGAN — Déesse de la guerre et de la sexualité ; mythologie celtique/Irlande ; animal : corbeau

MOUT — Déesse du ciel, mère porteuse royale ; mythologie égyptienne/Égypte ; animal : chat ou vache

NAMMU — Mer primordiale, ayant donné naissance au ciel et à la terre ; mythologie sumérienne/Asie occidentale

NANTOSUELTE — Déesse du foyer et de la maison, également déesse de l'eau ; mythologie celtique/Grande-Bretagne et Europe occidentale

NEITH — Déesse primordiale, de l'accouchement ; mythologie égyptienne/delta du Nil et Égypte ; symbole : bouclier orné de deux flèches entrecroisées

NEPHTHYS — Déesse funéraire ; mythologie égyptienne/Égypte

NIKÉ — Déesse de la victoire ; mythologie grecque/Grèce

NINHURSAG — Terre mère ; mythologie sumérienne/Asie occidentale

NINLIL — Déesse de la fertilité ; mythologie mésopotamienne/Asie occidentale

NINMAH — Déesse de la naissance, créatrice de l'humanité ; mythologie mésopotamienne/Asie occidentale

NOTRE-DAME DE LA CHARITÉ — tradition cubaine

NOTRE-DAME DES REMÈDES — tradition espagnole

NOUT — Déesse du ciel ; mythologie égyptienne/Égypte

NUWA — Déesse créatrice et déesse de la fertilité ; mythologie chinoise/Chine ; animal : serpent

OYA — Règne sur le fleuve Niger, protectrice des femmes et de l'éloquence ; mythologie yoruba/Nigéria ; invoquée en portant un collier de perles marron

PACHAMAMA — Déesse de la terre, donneuse de vie ; mythologie inca/Amérique du Sud ; offrandes populaires : lamas et feuilles de coca

PAPA — Terre mère, mythologie maorie/Nouvelle-Zélande

PÉLÉ — Déesse du feu et du hula ; mythologie hawaïenne/Hawaï

PERSÉPHONE — Déesse du printemps, de la fertilité ; mythologie grecque/Grèce antique

PINGA (PANA) — Déesse de la chasse ; mythologie inuite/Région arctique

RATU KIDUL — Déesse sirène des mers du Sud ; mythologie javanaise/Java

REINE DE CUBA — Cuivre, Cuba

REINE DU CIEL (VIERGE MARIE) — Caractère sacré et mystérieux de la naissance ; christianisme

RÉNÉNOUTET — Déesse cobra, protège les récoltes et gardienne des pharaons, peut favoriser la croissance des cultures, la prospérité et l'abondance alimentaire ; mythologie égyptienne/Égypte

SARASVATI — Déesse de tous les savoirs, mère des arts et du langage, inventrice du sanskrit ; hindouisme/Inde

SATI — Idéal de l'amour féminin, réincarnée en Parvati ; hindouisme/Inde

SEDNA (FEMME MER) — Mère et protectrice des créatures marines ; mythologie inuite/Région arctique

SEKHMET — Déesse de la punition ; mythologie égyptienne/Égypte ; représentée avec une tête de lion sur un corps de femme

SÉLÉNÉ — Déesse de la lune ; mythologie grecque/Grèce antique

SERKET — Déesse associée au scorpion, capable de repousser le mal et impliquée dans les rites funéraires ; mythologie égyptienne/Égypte

SESHAT — Protectrice des bibliothèques, scribe des dieux ; mythologie égyptienne/Égypte

SHAPASH — Déesse du soleil, torche des dieux ; mythologie cananéenne/Côte méditerranéenne

SIF — Femme de Thor ; mythologie nordique/Scandinavie

SŒURS WAGALAK — Elles ont nommé les animaux, les végétaux et les lieux au cours de leur voyage ; mythologie yolngu/Australie

TAOURET — Protectrice des femmes pendant l'accouchement ; mythologie égyptienne/Égypte ; pour l'invoquer, porter une amulette à son effigie ou verser du lait maternel dans un verre et réciter une formule pour porter chance

TARA — Déesse-mère, protectrice, premier bodhisattva féminin ; bouddhiste tibétaine/Tibet

TARA (rouge, blanche et verte) — hindouisme/bouddhisme

TEFNOUT — Déesse de l'air humide ; mythologie égyptienne/Égypte ; forme animale : serpent et lionne ; représentée par des lèvres entrouvertes

THÉMIS — Déesse de la justice, reconnue pour ses conseils sages et justes ; mythologie grecque/Grèce antique

TIAMAT — Chaos primordial, océan d'eau salée ; mythologie mésopotamienne/Asie occidentale ; représentée sous la forme d'un dragon femelle

TRIPLE MÈRE — Portant un chien, un poisson et un panier de fruits ; mythologie celtique/Grande-Bretagne et Europe occidentale

UKEMOCHI — Déesse de la nourriture ; shintoïsme/Japon

USHAS — Déesse de l'aurore, qui renaît chaque matin ; hindouisme/Inde

UZUME — Déesse du bonheur et de la danse ; shintoïsme/Japon

VÉNUS — Déesse de l'amour ; mythologie romaine/Empire romain

VÉNUS DE WILLENDORF— Symbolise la fécondité, la productivité et la beauté ; période paléolithique

VESTA — Déesse du foyer ; mythologie romaine/Empire romain

WAKAHIRU-ME — Déesse du soleil levant ; shintoïsme/Japon

XIWANGMU (Reine mère d'Orient) — Déesse de la vie éternelle, protectrice des femmes ; mythologie chinoise/Chine ; raison de l'invoquer : lors de la naissance d'une fille

XOCHIQUETZAL — Déesse des fleurs, des fruits et de la musique, qui règne sur une partie du monde souterrain ; mythologie aztèque/Amérique centrale

YEMAYA — Déesse de l'océan ; santeria/Cuba ; pour l'invoquer : porter sept bracelets en argent (ou un bracelet de perles blanches et bleues)

YEWA — Première femme à avoir existé ; mythologie fon/Afrique occidentale

YORUBA — Déesse de la Terre et de la fertilité ; mythologie yoruba/Nigéria/Afrique occidentale

ZORYA — Trinité de déesses représentant l'aube, le crépuscule et le milieu de la nuit, gardiennes de l'univers ; mythologie russe/Russie

Accueillez toutes ces déesses bienveillantes, puissantes, empathiques et sages. Elles vous appellent, les bras et le cœur grands ouverts. Le féminin sacré nous entoure et les déesses sont à nos côtés. De nombreuses déesses oubliées ne demandent qu'à vous connaître et vous épauler. Pour bénéficier de leur bienveillance, il suffit d'être attentive à elles et d'accepter leur gentillesse et leur générosité. Vous pouvez leur demander de vous aider à accueillir les désirs de votre cœur, pour votre plus grand bien.

Les guides spirituels bienveillants respectent toujours votre libre arbitre. Il faut donc leur demander leur aide. Vous pouvez le faire simplement, de manière informelle. Il suffit de leur parler. Êtres de lumière, elles cherchent à rendre service aux humains et plus particulièrement à l'essence de la féminité, quelle que soit sa forme, son corps. Les déesses prennent la défense du féminin et aiment profondément le masculin. Elles font en sorte de nous aider à créer un monde meilleur. Recevez leurs offrandes avec gratitude et révélez votre déesse intérieure.

8

LE TEMPLE INTÉRIEUR

De tout temps et dans toutes les régions du monde, des temples dédiés à la Grande Déesse ont été érigés. Citons par exemple le sanctuaire de Brigit à Kildare, où dix-neuf prêtresses, symbolisant les dix-neuf années que dure le cycle celtique de la « grande année », entretenaient un feu perpétuel en l'honneur de Brigit, déesse puissante, notamment de la jeunesse et de la poésie.

Certains de ces temples étaient imposants et institutionnalisés alors que d'autres se trouvaient simplement dans la demeure de femmes et d'hommes qui invoquaient le pouvoir de la déesse afin d'obtenir conseils et soutien. Tous les temples, qu'il s'agisse d'une merveille d'architecture grecque ou d'une modeste maison dans un village, peuvent accueillir les vibrations de la déesse. Chaque personne est en mesure d'utiliser son intention, c'est-à-dire la combinaison de ses pensées, de ses sensations et de ses actions, afin de rendre possible ce contact.

Cela signifie que votre maison, ou même plus simplement votre chambre, votre bureau ou un petit autel aménagé sur une table peuvent recevoir la vibration de la déesse, si tel est votre souhait. En plus de ces temples extérieurs, vous possédez en vous le plus majestueux de tous : votre temple intérieur.

En effet, votre corps physique, vos sensations, vos pensées et votre énergie constituent eux aussi des temples. Vous avez probablement déjà entendu dire que le corps est un temple. Cela est vrai. Et si vous êtes une femme, cela signifie que c'est un temple dédié à une déesse. Vous détenez le pouvoir du féminin sacré en vous. Même si vous êtes née homme et que vous vous identifiez à une femme, vous détenez en vous le pouvoir de la déesse. Tout le monde abrite les vibrations du masculin et du féminin sacrés.

Si votre temple intérieur a la forme d'un corps de femme, vous possédez la plupart des attributs du féminin sacré, notamment la capacité de donner la vie. Vous êtes à même de contribuer au développement d'un enfant comme à celui de tout projet qui vous tiendrait à cœur. Créer la vie signifie également créer dans sa globalité. La créativité féminine est particulière : la graine d'une idée est semée, entretenue puis partagée, de la même manière qu'un ovule est fabriqué par un ovaire puis remonte jusqu'à l'utérus où il est fécondé et nourri, pour finalement donner naissance à un bébé.

Le corps féminin passe par des étapes comparables aux facettes de la Triple Déesse. Comme nous l'avons vu dans le chapitre 3, notre premier temple intérieur est celui d'une Jeune Fille en fleurs. Ensuite, nous ressemblons à l'archétype de la Mère, ce qui ne signifie pas nécessairement avoir des enfants, mais plutôt que nous partageons des idées créatives et que nous progressons. Enfin, nous devenons une Femme sage. Notre expérience informe notre réalité et nous partageons nos talents de manière puissante et nouvelle. Et devinez quoi ? L'âge n'a pas d'importance. Nous pouvons incarner n'importe quel de ces archétypes, à tout moment de notre vie.

Notre temple intérieur d'énergie féminine expérimente certains rites de passage physiques au cours de notre vie, liés à notre féminité. Quand nous avons nos règles pour la première fois, nous entrons dans un nouveau cercle du féminin sacré. L'Histoire a plusieurs fois vu toutes les femmes d'un village avoir leurs règles en même temps chaque mois lors de la nouvelle lune ; il arrivait plus rarement que cela se produise au moment de la pleine lune. D'où l'expression « avoir ses lunes » pour désigner la période des menstruations. Avez-vous déjà constaté que vous vous sentiez plus intuitive ou sensible à cette période ? Vous sentez-vous plus empathique ou réceptive du point de vue psychique ?

Dans ces villages, les femmes se rassemblaient dans ce qu'elles appelaient la tente rouge. Les jeunes filles s'occupaient d'elles, leur préparaient des gâteaux qu'elles dégustaient assises sur de la paille, en discutant, riant et se racontant des histoires. Ces gâteaux sont probablement l'équivalent des pâtisseries et barres chocolatées qui nous font parfois tellement envie pendant cette période du mois. Sur le plan physiologique, ces envies de sucre sont dues au fait qu'à ce moment de notre cycle, notre taux de progestérone est au plus bas, ce qui peut générer une mélancolie passagère ou de légers états dépressifs. Les bonbons et le chocolat provoquent une réaction chimique au niveau du cerveau qui nous aide à combattre cet état hormonal temporaire.

La ménopause était considérée comme le stade de la vie où les femmes viennent à incarner l'archétype de la Femme sage ou encore celui de la Sorcière.

Une période lors de laquelle le temple intérieur que constitue le corps était calibré pour accéder à une sagesse plus profonde. Une période de régénération potentielle. Notre temple intérieur, nos corps et nos êtres en tant que femmes peuvent déborder de fraîcheur et de renouveau, quel que soit notre âge ; comme il est également possible de faire preuve de sagesse dans ses jeunes années. Nous pouvons nous montrer maternelles à tout âge et incarner librement et selon nos besoins celle que nous voulons être, ici et maintenant. Nous détenons ce pouvoir. Dans le chapitre 9, vous découvrirez comment entrer en contact avec des déesses de façon créative.

Vous pouvez également suivre la méditation universelle ci-dessous afin de vous aider à vous connecter à la déesse qui vous inspire le plus selon votre état d'esprit et vos besoins du moment. Vous pouvez vous aider de la liste présentée au chapitre 7. Chacune d'elles résonnera avec un aspect particulier de la Grande Déesse sur lequel vous êtes appelée à poser votre attention. Découvrez les différentes déesses et la manière dont elles se manifestent en vous et dans votre vie !

MÉDITATION UNIVERSELLE POUR VOUS CONNECTER AVEC UNE DÉESSE EN PARTICULIER

Choisissez un lieu calme et confortable, où vous ne serez pas dérangée pendant vingt minutes environ. Choisissez la déesse ou les déesses avec lesquelles vous souhaitez entrer en contact. Si vous débutez, il est peut-être préférable de n'en choisir qu'une. Préparez de quoi prendre des notes et une carafe d'eau à proximité. Asseyez-vous ou allongez-vous. Respirez profondément et commencez à vous plonger en vous-même.

Prenez une longue inspiration profonde par le nez. Sentez l'air descendre dans votre abdomen, puis le remplir. Toujours pendant cette inspiration, sentez votre thorax se remplir à son tour, puis le haut de votre poitrine et de vos poumons.

L'inspiration part du bas et remplit votre poitrine comme un ballon qui se gonfle.

À l'expiration, imaginez que vous pressez le ballon pour en faire sortir l'air, du haut vers le bas. L'expiration doit être plus longue que l'inspiration. Expirez l'air en filet régulier, par le nez ou par la bouche si vous préférez.

Vous venez d'exécuter une respiration abdominale complète. Répétez cet exercice pendant quelques minutes.

Portez ensuite votre attention sur la déesse à laquelle vous souhaitez vous connecter. Dites à haute voix ou dans votre tête : « Chère __________, je suis heureuse de te rencontrer. J'aimerais mieux te connaître et ouvrir mon cœur à tes messages. Je te demande également une bénédiction particulière pour moi-même (et ____________). Ton aide me serait inestimable dans tous les domaines de ma vie. J'ai des questions à propos de ____________ et je reste ouverte à tes conseils à ce sujet et à bien d'autres encore. Je reçois avec reconnaissance l'apaisement, les informations et l'éclairage que tu m'apporteras pour mon plus grand bien et celui de toute forme de vie. Je souhaite que notre échange sous tous ses aspects soit conforme à la loi naturelle universelle, vienne en aide à tous et ne nuise à personne. Je te remercie. »

Ouvrez les mains devant vous, paumes vers le haut. À voix haute ou dans votre tête, dites à la déesse choisie que vous l'invitez à passer ses mains spirituelles sur vos mains physiques. Ressentez la connexion entre vous. Sentez-vous un picotement ? Une sensation de chaleur ? Une pulsation ?

Restez dans cette posture et poursuivez votre méditation. Ressentez le contact entre vos paumes et les siennes. Laissez votre cœur se connecter à la déesse. Il se peut que vous ressentiez comme un battement au centre de votre poitrine ou qu'une sensation de chaleur ou d'amour parcoure votre corps. Autorisez-vous à entrer profondément en vous-même par cette communion. Laissez se développer votre intuition. Vous allez peut-être constater que des idées ou des conseils surgissent dans votre esprit, visualiser des images ou des couleurs, entendre des mélodies ou des sons, sentir un parfum ou percevoir un goût dans votre bouche, ou encore avoir la sensation d'être entourée de fleurs. Laissez vos sens s'épanouir et se mêler.

Tout au cours de ce processus, laissez-vous guider par votre intuition. Restez en communion avec la déesse de votre choix aussi longtemps que vous le désirez. Quand vous aurez terminé, n'oubliez pas de la remercier. Vous pourrez ensuite baisser les mains tout en disant : « Je me déconnecte de __________ qui a été ma guide suprême. Merci du fond du cœur, déesse bien-aimée. »

Ouvrez les yeux et revenez lentement à la réalité de la pièce dans laquelle vous vous trouvez. Soyez attentive à ce que vous voyez et entendez, à ce que vous ressentez dans votre position actuelle. Respirez normalement. Assurez-vous d'être pleinement présente puis reprenez vos activités de la journée. Pensez à boire beaucoup d'eau après chaque méditation.

Effectuez cette méditation pour travailler avec la déesse de votre choix. Elle peut également être employée avec d'autres guides spirituels, tels que des anges. Pensez à consigner par écrit votre ressenti lié à ces expériences avec vos guides. Au fil des ans, vous verrez peut-être émerger certains thèmes ou vous vous rendrez compte que vous aviez reçu des conseils dont le sens vous est apparu plus tard. En relisant d'anciens carnets, je me suis aperçue que j'avais écrit quelque chose à propos d'un événement qui s'est produit par la suite. Notez pour ne rien oublier !

9

MÉDITATIONS ET ACTIVITÉS AUTOUR DES DÉESSES

Ce chapitre propose des méditations et activités grâce auxquelles vous pourrez essayer de vous connecter aux différentes déesses. N'hésitez pas à en pratiquer une chaque jour pour vous organiser une semaine agréable, dédiée aux déesses. Vous pouvez aussi simplement en faire une (ou deux !) dès que vous en ressentez l'envie. L'idéal serait de les pratiquer le soir avant de vous coucher ou le matin au réveil, pour bien démarrer la journée. Gardez un carnet à portée de main pour pouvoir y consigner des notes sur ce que vous avez pu ressentir et les conseils que vous avez reçus à la fin de la séance. Il est recommandé de bien s'hydrater après une méditation ou autre activité du même type. L'eau contribue au bon fonctionnement du corps, notamment du système nerveux, sur lequel la méditation ou les activités transcendantales ont un effet positif.

AMOUR ET PASSION

Avec l'aide de déesses bien-aimées, essayez les méditations et activités de cette section pour faire entrer encore plus d'amour et de passion dans votre vie.

MÉDITATION DE LA DÉESSE DE L'AMOUR

Aujourd'hui, vous avez l'occasion de méditer sur le concept d'amour. Amour est un terme générique qui désigne entre autres l'amour-propre, l'amour romantique, l'amour passionnel, l'amour inconditionnel et l'amour spirituel. Si vous choisissez de pratiquer à présent cette méditation sur l'amour, vous devez savoir que cet exercice doit impliquer les parties physique, émotionnelle, mentale et spirituelle de votre être. L'amour est la nourriture de l'âme et cette énergie d'amour nous apporte lumière et positivité. Seul, l'amour est pur et parfait. Lorsqu'il est associé à d'autres ingrédients, il peut s'apparenter à celui qui inspire les chansons d'amour déchirantes et les tragédies shakespeariennes. Lors de cette séance, nous allons nous connecter à tous les aspects positifs de l'amour dans l'intention d'améliorer notre capacité à nous aimer nous-mêmes et notre façon d'aimer dans nos relations. Nous nous autoriserons également à ressentir l'amour inconditionnel et à le répandre autour de nous.

Je vous présente Janaína, également connue sous le nom de Yemanya, déesse brésilienne de l'amour et de l'océan. Elle sera notre guide lors de cette méditation sur l'amour. Vous pouvez vous la représenter en train de marcher sur le rivage ou nageant dans l'océan même. Elle est parfois appelée déesse sirène.

Choisissez un lieu calme, confortable, où vous ne serez pas dérangée pendant vingt minutes environ. Détendez-vous complètement, vous devez être tout à fait à l'aise afin de pouvoir véritablement vous plonger au cœur de la méditation. Respirez profondément au centre de votre poitrine. Sentez que vos poumons se gonflent et se remplissent totalement.

Ralentissez votre respiration et laissez votre corps et votre esprit se détendre et s'apaiser.

Portez votre attention sur le point situé entre vos sourcils. Il se peut que vous ressentiez comme une pulsation ou des picotements. Dites à haute voix : « Je souhaite que cette méditation soit en parfait accord avec le plus grand bien de toute forme de vie et avec la loi naturelle universelle. Je souhaite qu'elle vienne en aide à tous et ne nuise à personne. Je me connecte à présent à Janaína. J'ouvre mon cœur à son amour, reconnaissante envers sa bénédiction fluide d'amour liquide. Je te remercie, Janaína. »

Portez maintenant votre attention sur le centre de votre poitrine. Ressentez les battements de votre cœur. Il se peut que vous ayez une sensation de chaleur. Visualisez Janaína en train de remplir votre cœur d'amour liquide, pétillant et rose pâle. Imaginez-vous faisant la planche sur une vaste mer rose pâle, scintillante et miroitante. Il s'agit de l'océan de l'amour. Faites la planche dans cet océan et visualisez Janaína au-dessus de vous. Elle continue à verser ou vaporiser de l'eau d'amour sur vous. L'eau est chaude et agréable. Explorez-la librement. Vous pouvez vous retourner et ouvrir les yeux pour voir ce qui se trouve sous l'eau, en dessous de vous. Cet océan n'est constitué que d'amour pur. Ouvrez vos pores et absorbez-le. Laissez-le vous remplir. Laissez-le vous guérir. Laissez-le vous émouvoir. Ressentez votre amour pour vous-même et pour le monde. Laissez-vous ressentir de l'amour romantique. Il se peut que vous ressentiez des vibrations d'amour passionnel dans votre corps et votre cœur. Laissez tout s'épanouir à mesure que les ondes et les vagues d'amour circulent en vous.

Au moment où vous vous retournez, autorisez-vous à sentir ou visualiser des dauphins joyeux et accueillants en dessous de vous. Ces dauphins résident dans l'océan d'amour. Sont-ils roses ? Bleu turquoise ? Laissez-les nager autour de vous et écoutez résonner en vous ce que signifie être libre d'aimer. L'amour est libre. Il ne nécessite pas de proximité physique. Il transcende l'espace et le temps. Laissez ces vérités se diffuser en vous et reprogrammer chaque cellule de votre corps et chacun de vos corps énergétiques.

Quand vous vous sentez prête, remettez-vous sur le dos et visualisez Janaína au-dessus de vous. Vous pouvez discuter avec elle facilement par télépathie. Demandez-lui sa bénédiction ou n'importe quelle autre faveur. Il est primordial de comprendre que nos guides spirituels sont heureux d'intervenir auprès de nous, mais respecteront avant tout notre libre arbitre. Il faut donc que nous leur demandions directement leur aide.

Remerciez la déesse et proposez-lui de la servir si elle en a besoin, pour le bien suprême de tous. Restez là aussi longtemps que vous le souhaitez. Recevez tous les conseils et le réconfort que vous apporte la déesse.

Puis, lorsque vous vous en sentirez prête, revenez doucement à la réalité de la pièce où vous êtes installée et à celle de votre corps. Remuez vos orteils et vos doigts. Prenez quelques respirations profondes. Buvez un peu d'eau. Asseyez-vous et frottez vigoureusement vos pieds, vos mollets, vos mains et vos avant-bras en disant à voix haute « Je suis là maintenant. Je suis présente. »

Une fois que vous serez pleinement revenue à vous, vous pourrez reprendre le cours de votre journée (sans oublier de vous hydrater tout au long de la journée). Si vous possédez du sel de l'Himalaya, du sel d'Hawaï ou du sel celtique, vous pouvez en laisser fondre quelques grains sous votre langue après cette méditation océanique.

ACTIVITÉ AVEC LA DÉESSE DE LA PASSION

Cette activité est proposée par Aphrodite, célèbre déesse grecque de l'amour, qui apporte romantisme, passion, fertilité et beauté. L'objectif de cette activité est de vous aider à vous connecter avec votre nature passionnelle. La passion qui circule en vous est en quelque sorte le sang de l'humanité. Vous éprouvez peut-être de la passion pour votre travail ou vos activités créatives, ainsi que de la passion sexuelle et amoureuse. La passion est pleine de ferveur. C'est notre soif de vivre, qu'elle soit profondément enfouie ou visible en surface. Cette énergie et cette vigueur peuvent être, en partie, ce qui fait que la vie mérite d'être vécue. Aphrodite vous procurera tout cela aujourd'hui, sous la forme qui est la meilleure pour vous : désir ou passion sexuelle, poèmes et chants qui émaneront de vous avec fougue, regain d'ardeur pour certains aspects de votre vie envers lesquels votre intérêt s'était étiolé. La passion fait circuler l'énergie. Elle est dynamique. Elle est tout en mouvement et en émotions. Autorisez-vous à la ressentir aujourd'hui.

Tenez-vous debout. Levez les bras et sentez la bénédiction d'Aphrodite descendre en pluie fine sur vous. Baissez les bras et laissez votre corps onduler. Balancez les bras et les jambes comme si vous dansiez, même s'il n'y a pas de musique. Continuez à bouger, à vous déhancher et onduler.

Dites à haute voix : « Chère Aphrodite, sois pour toujours la bienvenue dans tous les aspects de mon existence, lorsque j'en aurai besoin, pour mon plus grand bien et celui de toute forme de vie. Je souhaite que notre activité d'aujourd'hui soit en tout point conforme à la loi universelle, vienne en aide à tous et ne nuise à personne. Je t'invite à diffuser en moi et dans ma vie ta passion vigoureuse et joyeuse pour l'existence.

Je t'invite à faire circuler en moi l'énergie en mouvement de l'engagement pour la vie. J'ai envie de vivre des expériences intenses et de faire des choses extraordinaires. Je choisis de ressentir l'abandon total, joyeux et passionné de la façon qui sera la plus saine pour moi et en toute sécurité, et cela pour mon plus grand bien et celui de toute forme de vie. Je sais que tu m'apporteras, ainsi que tous mes guides, l'équilibre idéal entre le repos, la relaxation et les expériences pleines de joie et d'intensité. Je choisis de m'autoriser à me sentir en sécurité et à attirer les situations me permettant de m'adonner à mes passions de la façon qui sera la plus saine pour celles et ceux qui y seront impliqués et en toute sécurité. Qu'il en soit ainsi. »

À présent, allongez-vous sur le sol ou sur un canapé et fermez les yeux. Connectez-vous à votre corps. Comment vous sentez-vous ? Percevez Aphrodite tout autour de vous. Elle allume votre passion et anime votre âme. Sentez votre corps. À quel endroit l'énergie circule-t-elle et pulse-t-elle ? Dans quelles parties de votre corps ressentez-vous la passion se propager ?

Lorsque vous aurez la sensation d'avoir terminé la séance, revenez dans la pièce et reprenez vos activités. Plus tard dans la journée, repensez à la passion qui a commencé à circuler en vous. Notez si cela influe sur vos choix ou vos décisions. Guettez les occasions d'insuffler encore plus de passion dans votre vie. De quelle manière pourriez-vous faire en sorte que chaque instant se transforme en une expérience intense ?

ABONDANCE ET RÉUSSITE

La méditation et l'activité de cette section vous permettront de vous connecter plus profondément à votre potentiel de réussite et de stimuler votre capacité à attirer l'abondance dans votre vie.

MÉDITATION DE LA DÉESSE DE LA RÉUSSITE

Comment définiriez-vous la réussite dans votre vie ? Envisagez-vous cet accomplissement d'un point de vue professionnel, relativement à un salaire ou à des gains d'un montant précis ? Liez-vous la notion de réussite à un certain niveau de reconnaissance ou de célébrité ? Ou encore au fait de venir en aide à un grand nombre de personnes ou d'animaux ? Cette définition varie d'une personne à l'autre. Je souhaite que cette méditation vous aide à élargir l'idée que vous vous faites de la réussite. À ouvrir votre champ de vision. À étendre les possibilités de réussite dans votre esprit et dans votre cœur. Autorisez-vous à vous demander ce que le succès réel, sans limites, signifie pour vous. Et faites en sorte de l'atteindre.

Nous allons méditer avec la déesse Fortune afin de vous aider à vous connecter à l'essence réelle de la réussite et à votre capacité à la manifester dans votre vie. Fortune est la déesse romaine de la chance, de l'abondance, de l'argent, de la réussite et de tous les possibles.

Prenez quelques instants pour vous installer confortablement. Pensez à garder un carnet sous la main afin de pouvoir prendre des notes à la fin de la séance. Asseyez-vous ou allongez-vous de manière à être à l'aise et détendue. Laissez vagabonder votre esprit. Après avoir relâché l'emprise de votre mental pendant quelques minutes, découvrez ce qui vous vient à l'esprit spontanément. Observez simplement, comme si les idées flottaient sur un nuage. Ne jugez pas vos pensées et vos sensations, et ne vous sentez pas obligée d'en changer. Contentez-vous de les accepter et de les accueillir pleinement.

Portez maintenant votre attention sur votre plexus solaire, qui se situe au milieu de votre buste, entre le sternum et le nombril. Il abrite l'un de vos centres énergétiques ou chakras, comme une galaxie à l'intérieur de votre corps. Sentez comme elle tourne en vous. Vous pouvez placer les mains sur cette partie de votre corps afin de mieux vous y connecter. C'est le siège de votre réussite et de votre volonté. Cet endroit dirige vos actions, il vous permet, en agissant à travers lui, de provoquer des changements dans le monde.

Comment percevez-vous cette zone ? Agitée, manquant d'énergie, ou qui en déborde au contraire ? La sentez-vous saine, irritée, harmonieuse ? Contentez-vous d'observer votre ressenti et prononcez ensuite à voix haute : « J'invite la déesse Fortune bienveillante à infuser l'essence de la réussite en mon être. J'accepte volontiers les bénédictions et la chance que Fortune mettra sur mon chemin. J'autorise Fortune à façonner et modeler ma vie et mon être afin de vivre pleinement la joie, la chance et la prospérité tout en posant des actes justes et efficaces. J'accepte les conseils de Fortune avec gratitude. Je souhaite que tout ce qui ressortira de cette méditation soit pour le plus grand bien de toute forme de vie et conforme à la loi universelle, vienne en aide à tous et ne nuise à personne. »

Méditez en compagnie de Fortune et sentez qu'elle vous accompagne pendant que vous continuez à porter votre attention sur le chakra du plexus solaire. Essayez d'optimiser cette zone. Vous êtes puissante et maniez votre force avec bienveillance et facilité.

Si vous le souhaitez, vous pouvez dire mentalement à Fortune que vous aimeriez qu'elle apparaisse dans vos rêves ce soir. Cela pourrait vous aider à évaluer ce que représente pour vous la véritable réussite. Vous pourriez rêver qu'elle vous envoie un rayon doré d'énergie qui vous permettrait d'aimanter les désirs de votre cœur.

Laissez Fortune vous enseigner cela, progressivement.

Lorsque vous aurez terminé, ramenez votre attention dans la pièce et revenez dans l'instant présent. Remerciez Fortune pour son attention. Au cours de la journée, vous ressentirez peut-être sa présence autour de vous. Elle se tient à votre disposition. Il suffit de la solliciter.

ACTIVITÉ DE LA DÉESSE DE LA RICHESSE

Cette activité a pour objectif d'appeler l'abondance dans votre vie avec l'aide d'une déesse bienveillante appelée Déméter. Déméter est la déesse grecque de l'agriculture et une déesse mère. Elle récolte les nombreux fruits de l'abondance et vous pouvez faire de même. La bénédiction et l'énergie de Déméter vous aideront à vous connecter à un flot ininterrompu de richesse. L'argent est une énergie, comme toutes autres choses. Lorsque vous recevez de l'argent, vous recevez de l'énergie. Lorsque vous donnez de l'argent, vous donnez de l'énergie. Vous pouvez simplifier votre rapport à l'argent en vous libérant de toutes vos idées reçues à son propos. Autorisez-vous à penser que l'argent n'est rien d'autre qu'un outil qui peut nous aider, contre de l'énergie. Il y a suffisamment d'énergie dans l'univers pour que tout le monde en bénéficie de manière illimitée. C'est là l'essence de l'abondance, et c'est cette énergie que Déméter vous aidera à intégrer dans votre corps, votre être et votre compte en banque.

Prenez votre carnet et un stylo. Prenez le temps de réfléchir à la couleur de ce stylo ou de ce feutre. Quelle est, pour vous, la couleur qui représente la richesse ? Le vert, le violet, le doré, le rouge ou l'argenté constituent de bons choix, selon moi.

Inscrivez le titre suivant dans votre carnet : « Mes affirmations positives sur la richesse ». Juste en dessous, vous allez écrire dix affirmations relatives à votre état d'esprit vis-à-vis de la richesse, de la prospérité et de l'argent. Voici quelques exemples que je vous invite à personnaliser. Pensez à voir les choses en grand !

Choisissez dix affirmations parmi les suivantes, ou inventez les vôtres :

JE SUIS UN AIMANT À ARGENT.

L'ARGENT VIENT À MOI AISÉMENT ET FACILEMENT, J'EN SUIS INONDÉE.

MA VIE FINANCIÈRE EST FLORISSANTE, L'ARGENT AFFLUE VERS MOI SANS DIFFICULTÉ.

MA CARRIÈRE ÉPANOUISSANTE M'APPORTE DES REVENUS COLOSSAUX.

L'ARGENT ME REND HEUREUSE ET JE M'AUTORISE À LE RECEVOIR.

JE M'APPELLE ________________ ET JE SUIS RICHE ET PROSPÈRE.

CHAQUE JOUR, JE ME SENS RICHE.

J'AUTORISE MA RICHESSE À AUGMENTER DE MANIÈRE EXPONENTIELLE CETTE ANNÉE.

JE SUIS À L'AISE FINANCIÈREMENT ET HEUREUSE.

MON PORTE-MONNAIE EST BIEN REMPLI !

MON CRÉDIT EST REMBOURSÉ ET IL ME RESTE BEAUCOUP D'ARGENT.

J'ACCEPTE LES TRÉSORS QU'OFFRE LA VIE AVEC GRATITUDE.

MA RICHESSE AUGMENTE DE MANIÈRE EXPONENTIELLE CHAQUE JOUR.
LA GRATITUDE QUE J'EXPRIME ATTIRE LA RICHESSE ET L'ABONDANCE.

J'AIME L'ARGENT !

L'ARGENT EST MON AMI.

MON PORTEFEUILLE D'INVESTISSEMENTS EST FLORISSANT.

MON COMPTE ÉPARGNE-RETRAITE EST BIEN REMPLI.

L'ARGENT QUE JE POSSÈDE AMÉLIORE MA VIE ET CELLE

DE MES PROCHES DE FAÇON HARMONIEUSE.

JE PEUX COMPTER SUR MA RICHESSE INFINIE.

J'ACCEPTE AVEC GRATITUDE MON STATUT DE FEMME RICHE ET PROSPÈRE.

Grâce à Déméter, vous ferez vôtre l'idée que l'argent est votre ami. Il n'y a rien de mal à cela. Vous êtes une personne de principe, qui se soucie des autres. Comme la déesse, vous utiliserez votre argent pour faire le bien, on peut vous faire confiance pour cela.

Après avoir consigné vos dix affirmations, asseyez-vous et posez votre carnet près de vous. Fermez les yeux et dites à voix haute : « Déméter, je te remercie de te joindre à moi en cet instant. Je suis reconnaissante de ta présence et de ton aide. Je souhaite que tout ce que nous ferons ensemble soit pour le plus grand bien de toute forme de vie. »

Sentez que Déméter s'assied en face de vous. Placez votre carnet sur vos genoux et sentez les mains spirituelles de la déesse saisir les vôtres. Lorsque vous serez prête, énoncez vos dix affirmations lentement, l'une après l'autre, en pleine conscience. Déméter les prononcera avec vous. Écoutez-vous prononcer ces paroles affirmatives et ressentez-les. Entendez la voix de Déméter se mêler à la vôtre et énoncer à haute voix les mots de la richesse.

À la fin de l'activité, écrivez dans votre carnet ce que vous avez ressenti et tout ce que vous avez remarqué. Consignez toutes les émotions ou pensées qui se sont manifestées en vous. Observez ce que vous avez ressenti en vous connectant à Déméter. Vous pouvez lui demander son aide dans ce domaine ou dans tout autre domaine de votre vie.

N'oubliez pas que nos guides n'ont pas carte blanche pour nous aider. Il faut que nous les sollicitions. Demandez à Déméter son aide et sa bénédiction. Elle a hâte de vous venir en aide.

Vous ne courrez aucun risque à être riche et prospère. Vous emploierez votre richesse pour améliorer votre vie et celle de ceux qui vous entourent. Laissez Déméter vous guider et vous aider sur cette voie.

PROTECTION ET INTUITION

La méditation et l'activité suivantes vous mèneront dans un cercle de protection puissant, à partir duquel vous serez en mesure d'aiguiser et de déployer votre intuition.

MÉDITATION DE LA DÉESSE DE LA PROTECTION

Cet exercice va vous permettre de pénétrer dans un cercle de protection. Si notre environnement habituel est la plupart du temps suffisamment sécurisé, il peut toutefois arriver que nous nous sentions inquiètes ou angoissées. Certaines situations appellent d'ailleurs toute notre vigilance afin de ne pas nous mettre en danger. Je vous présente donc la déesse Dourga, qui est une déesse protectrice particulièrement efficace. Dans la mythologie hindoue, elle est connue pour botter des fesses des malotrus. Dourga fait disparaître ce qui ne sert plus afin que de nouvelles choses puissent apparaître. Elle est mère, femme sage, destructrice bienveillante et gardienne de l'évolution par la renaissance.

Laissez son courage et sa force physique se diffuser en vous afin d'incarner à votre tour ces qualités.

Asseyez-vous ou allongez-vous dans une posture propice à la méditation. Vous devez être confortablement installée. Dans cet exercice, il vous faudra rester relativement consciente. Dites à voix haute ou dans votre tête : « Je souhaite que tout ce qui ressortira de cette méditation soit pour le plus grand bien de toute forme de vie et conforme à la loi naturelle, vienne en aide à tous et ne nuise à personne. J'invite Dourga, représentante de la Grande Déesse, dans ma vie. J'accepte sa protection et ses bénédictions, pour mon plus grand bien. »

Sentez la présence de Dourga auprès de vous. Que ressentez-vous ? Vous découvrirez dans le paragraphe suivant une incantation puissante pour vous protéger. Vous pouvez la mémoriser et la prononcer chaque fois où vous en sentirez le besoin et Dourga vous viendra en aide. Il n'est pas forcément nécessaire de réaliser une véritable séance de méditation pour employer ces phrases afin d'obtenir protection. J'aime les prononcer avant de pénétrer dans un lieu bondé comme un aéroport ou un centre commercial. Vous pouvez les dire à tout moment, dès que vous ressentez de l'appréhension.

Voici cette incantation, à prononcer à voix haute ou dans votre tête : « Je scelle et protège tous les trous, portails, portes et ouvertures de mes corps physique et éthérique. Je fais cela dans toutes les dimensions et interdimensions, ainsi que dans toutes les réalités, pour mon plus grand bien et celui de toute forme de vie. Qu'il en soit ainsi. »

Tout en prononçant ces mots à voix haute, visualisez une sphère d'environ deux mètres de diamètre autour de votre corps.

Imaginez que cette zone est fermée et protégée. En prononçant ces mots, vous pouvez vous représenter cette bulle en train de se durcir autour de vous ou visualiser une lumière qui engloberait la bulle comme un sceau protecteur. Vous pouvez même imaginer un rayon de lumière qui tournoierait au-dessus ou en dessous de vous, ou les deux, tourbillonnant autour de la sphère pour la sceller et la protéger.

Méditez avec Dourga quand vous en avez le temps, en prononçant cette incantation. L'idéal est de le faire juste avant d'aller vous coucher, mais si vous n'avez pas le temps de méditer, vous pouvez vous contenter de prononcer cette incantation. Vous pouvez d'ailleurs la recopier sur un morceau de papier et la conserver dans votre portefeuille.

ACTIVITÉ AUTOUR DE LA DÉESSE DE L'INTUITION

Cette activité vous aidera à ouvrir votre intuition à tous les niveaux, avec douceur et facilité. Plutôt que de forcer le développement de son intuition et de ses capacités psychiques, il est plus sain de les laisser émerger progressivement. Cette activité autour de l'intuition est inspirée par Thémis, la déesse de la prophétie. Au temps de la Grèce antique, Thémis dialoguait avec les grandes prêtresses qui ont officié pendant plusieurs années dans le célèbre temple de Delphes. Les gens venaient de loin pour recevoir les conseils de l'oracle et de ses initiées bien formées, qui étaient de puissantes « femmes médecine » à part entière.

Saisissez cette occasion de vous initier à l'intuition avec cette déesse aimante et bienveillante, qui vous formera avec excellence.

L'une des premières choses que vous apprendrez de cette expérience est que les êtres invisibles sont tout aussi réels que les êtres tangibles. La principale différence entre un guide spirituel et vous demeure dans le fait qu'il est constitué d'énergie, tandis que votre corps inscrit votre énergie dans la matière ; vous ne vivez pas sur le même plan dimensionnel.

Nos amies déesses nous apportent un supplément de sagesse et d'apaisement, car elles ont accès, grâce à leur statut non physique, à une source infinie d'informations et d'énergie. Thémis vous invite à puiser dans ce puits de bonté. Sa contribution, aujourd'hui, consistera à vous aider à ouvrir votre intuition pour la faire passer à un niveau supérieur. Vous pouvez pratiquer cette activité aussi souvent que vous le souhaitez. Une fois par jour serait extrêmement bénéfique, mais vous pouvez aussi décider de ne la faire qu'une seule fois. Quoi que vous choisissiez, vous en tirerez des bénéfices pendant plusieurs jours ou semaines.

Installez-vous dans une pièce où vous ne serez pas dérangée pendant une quinzaine de minutes. Tenez-vous debout, les pieds écartés d'un peu plus que la largeur des épaules. Placez les bras le long de votre corps et levez-les jusqu'au niveau de vos hanches, paumes tournées vers le haut. Faites se toucher le pouce et le majeur de chaque main. Tournez trois fois sur vous-même, vers la gauche, sans vous déplacer dans la pièce.

Rassemblez ensuite le pouce, l'index et le majeur de chaque main. Toujours debout, montez les mains de manière à poser la pointe de ces six doigts entre vos sourcils, juste au-dessus de l'arête du nez. Sentez l'énergie qui bat dans vos mains et le milieu de vos sourcils.

Ensuite, dites à voix haute : « J'active ma glande pinéale afin d'ouvrir la porte à mes sens intuitifs de manière saine et équilibrée pour mon plus grand bien. J'active ma clairvoyance, ma clairaudience, ma clairsentience, ma clairconnaissance, mon sens de l'odorat psychique, mon sens du toucher psychique et mon sens du goût psychique. J'invite Thémis à me prendre par la main et à me guider dans ma vie, de toutes les manières possibles. Je reçois ses bénédictions avec gratitude et je lui permets d'aiguiser et d'ouvrir mes sens intuitifs pour mon plus grand bien. »

Ensuite, allongez-vous sur le dos dans un endroit confortable pendant quelques minutes. Sentez la présence de Thémis en vous et autorisez-vous à accueillir tout ce qui pourrait se produire. Vos différents sens psychiques vont s'ouvrir et s'activer. Restez allongée et laissez les choses se produire. Vous allez peut-être percevoir des couleurs ou des images, des sons ou des odeurs, ressentir des émotions ou voir apparaître de nouvelles pensées. Observez ce processus comme un témoin et laissez-le se dérouler sans essayer d'influer sur lui. Après dix à vingt minutes, lorsque vous avez la sensation d'avoir terminé, reprenez vos activités. Pensez à boire beaucoup d'eau et prenez quelques instants pour revenir pleinement dans votre corps physique. Placez un carnet et un stylo près de votre lit afin de pouvoir consigner vos rêves pendant la nuit. Ils seront probablement très riches en informations intuitives et en pensées apaisantes. Amusez-vous !

BONHEUR ET CONFIANCE

La méditation et l'activité suivantes vous rempliront de bonheur et de confiance en l'existence grâce à de puissantes déesses vibrantes de joie.

MÉDITATION DE LA DÉESSE DU BONHEUR

Cette méditation a pour objectif d'attirer la joie et le bonheur. Ce dernier peut prendre de multiples formes et votre vie est une merveilleuse opportunité de toutes les essayer. À vous de cultiver celles que vous préférez ! Choisir la joie est un acte conscient à poser au fil des jours. La joie étant la plus haute vibration dans l'univers, cette émotion mêlée au bonheur active nos capacités de guérison.

Notre guide sur les terres du bonheur sera aujourd'hui Uzume, rayonnante déesse shintoïste du bonheur, au Japon. Elle est également célèbre pour ses danses.

Installez-vous confortablement sur votre lit ou votre canapé et détendez-vous. Posez un carnet et un stylo à proximité pour y consigner vos notes. Fermez les yeux et portez votre attention vers le centre de votre poitrine. Quelles sont vos sensations dans cette zone de votre corps ? Sentez-vous des battements, des picotements ou encore de la chaleur ? Déplacez ensuite votre attention sur vos émotions. Comment décririez-vous ce que ressentez en cet instant ? Il n'y a pas de bonne ou de mauvaise réponse à cette question. Observez simplement ce qui se passe en vous.

Prononcez ensuite les phrases suivantes, à voix haute ou dans votre tête : « Je m'engage en mon âme et conscience à choisir la joie tout au long de mon chemin de vie et à orienter mes choix vers mon plus grand bonheur. Je reconnais mériter la joie et le bonheur. Je me connecte à Uzume avec joie et gratitude. Je l'invite à diffuser le bonheur dans ma vie. J'accepte ses bénédictions pleines de bienveillance dans tous les domaines de mon existence. Je demande à Uzume de me guider et je l'autorise à intervenir en mon nom afin de rendre ma vie plus joyeuse et harmonieuse et de m'aider à réaliser les désirs de mon cœur. »

Posez une main, ou les deux, au milieu de votre poitrine. À nouveau, soyez à l'écoute de ce que vous ressentez. Répétez le mantra affirmatif suivant, en boucle, dans votre tête ou à voix haute : « Je suis la joie. » Répétez-le sans vous arrêter et autorisez-vous à ressentir ce que vous dites. Répétez-le en visualisant une lumière blanche éclatante irradiant votre corps. Regardez d'où elle provient. Vient-elle d'en haut ? De partout autour de vous ? Vient-elle de vous, de la zone sous vos mains, au centre de votre poitrine ? S'étend-elle depuis votre centre vers l'extérieur ? Toutes ces réponses à la fois ?

Sentez qu'Uzume s'approche et tend les mains vers vous. À votre tour, tendez les mains vers elle. Saisissez-vous les mains et laissez venir en vous l'essence du bonheur. Que vous évoque cette déesse ? Pendant que vous lui tenez les mains, autorisez-vous à recevoir tout l'apaisement et les conseils qu'elle prodigue. Vous pouvez lui dire oui, afin qu'elle sache que vous êtes prête à recevoir tout ce qui peut contribuer à votre plus grand bien. N'oubliez pas de la remercier.

Lorsque vous poursuivrez vos activités de la journée, emportez avec vous l'essence de la joie. Vous pourrez répéter à tout moment l'affirmation « je suis la joie » afin de permettre à l'essence du bonheur d'imprégner chaque instant de votre vie.

ACTIVITÉ DE LA DÉESSE DE LA CONFIANCE

Cette activité a pour objectif de décupler votre confiance et votre estime personnelles.

Nous devons nous donner les moyens d'être heureuses, épanouies et en bonne santé afin de mener au mieux notre vie. La confiance en soi est d'ailleurs essentielle pour nous rendre à même d'affronter la société actuelle et il est d'un grand secours, particulièrement dans les périodes d'incertitude, de savoir affronter ses peurs et ne pas douter de soi. Rayonner cette confiance en vous aidera en outre d'autres personnes, de manière communicative, à faire preuve de courage à leur tour et suivre le chemin dicté par leur cœur. Il est en effet courageux d'affronter ses peurs. En laissant le féminin sacré guider votre exploration intérieure, tout en assumant votre part de vulnérabilité, vous remporterez de précieuses victoires à l'exemple d'Inanna, la représentante de la Grande Déesse, qui nous accompagnera lors de cette activité axée sur la confiance.

Inanna est une déesse courageuse et puissante. Lorsque Dumuzi, son époux, a été capturé par sa sœur Ereshkigal, qui l'a démembré pour ensuite disperser les parties de son corps dans le monde souterrain, Inanna a affronté ses peurs pour le sauver en franchissant les sept portes du royaume des morts. À chacune des portes, elle a dû faire face à un aspect de sa personnalité et, confrontée à sa part d'ombre, elle finit par transcender ses peurs en les bravant sans détour. Affronter ce qui la rendait vulnérable lui a permis de triompher des obstacles. Elle a de surcroît restauré le masculin sacré en assemblant les parties du corps retrouvées de son mari et en redonnant vie à ce dernier. Attention, avoir confiance en soi ne veut pas dire qu'il ne faut jamais douter ou ne rien craindre. Cela signifie simplement que la peur ne vous empêchera pas d'agir. C'est ce qui fait étoffe des leaders.

Prenez ce livre, votre carnet et une bougie. Installez-vous dans une pièce comportant un miroir et où vous pourrez tamiser ou éteindre la lumière, par exemple dans votre salle de bains.

Allumez la bougie et placez-la de sorte qu'elle puisse brûler sans surveillance en toute sécurité ; elle doit être suffisamment proche de vous pour éclairer la zone où vous vous tiendrez debout devant le miroir. Posez votre carnet à portée de main.

Éteignez la lumière afin que la bougie soit la seule source d'éclairage, ajoutez au besoin d'autres bougies si elle ne suffit pas pour lire ce livre.

Prenez quelques minutes pour vous regarder dans le miroir. Contemplez votre visage sans jugement et en toute neutralité. Une fois prête, prononcez à voix haute les phrases suivantes : « Je souhaite que tout ce qui émanera de cette session d'observation dans le miroir respecte toute forme de vie, soit conforme à la loi naturelle, vienne en aide à tous et ne nuise à personne. Je me connecte à Inanna et à toutes mes déesses-guides aux vibrations élevées. Je demande à Inanna de me guider et de m'aider à cultiver la confiance en moi afin que je puisse atteindre mes objectifs et vivre pleinement les désirs de mon cœur. »

Regardez-vous dans les yeux en vous concentrant légèrement, puis relâchez progressivement votre attention. Regardez au plus profond de vous-même. À la lumière vacillante de la bougie, vous verrez peut-être des variations de votre propre visage, ou d'autres visages ; cela vous aidera à explorer certaines parties de vous-même. Inanna ou d'autres déesses pourraient même se superposer à votre reflet. Si elles sont bien distinctes de vous, elles incarnent cependant des facettes de être. Vous êtes le féminin sacré.

Cette contemplation vous donnera peut-être à voir votre visage à différentes périodes de votre vie, entre passé et futur. Laissez ces visions s'enchaîner les unes après les autres, ne tentez pas de les retenir ou de les interpréter. Contentez-vous d'observer. Libérez-vous de votre identité et sentez l'interconnexion existant entre le temps et l'espace. Comprenez que, même si vous existez présentement dans la dualité, c'est-à-dire sur le plan où ces deux dimensions se croisent, vous avez accès à d'autres dimensions, où vivent de nombreux êtres qui ne sont pas incarnés dans la matière. Vous pouvez vous connecter à eux lorsque vous le désirez. Votre moi supérieur existe en vous en cet instant, dans cette dimension temporelle et spatiale. Il existe aussi dans l'éternité, à travers toute forme d'existence et au-delà.

Tout en percevant votre nature éternelle et en regardant votre visage dans cette lumière vacillante, répétez les affirmations suivantes à voix haute : « J'occupe mon propre espace. Je suis présente dans mon corps.

Je prends des décisions facilement et j'ai confiance en moi. J'exprime ma vérité de manière à ce qu'elle soit bien accueillie et cohérente avec mes désirs. J'ai confiance. Je sais que je mérite de belles choses. Mes choix sont sains et bons dans leur ensemble, pour moi et pour le monde. Il est sain que j'aie de l'amour-propre. Je me sens bien. J'ai de l'assurance et je sais que je peux me faire confiance pour créer la vie que j'ai choisie. »

Même si certaines de ces phrases ne semblent pas traduire la réalité, vous pouvez faire comme si c'était le cas, en attendant que cela le devienne réellement. Prononcez ces phrases avec confiance et respect envers vous-même. Vous êtes l'architecte de votre vie. Faites des choix sains et prenez des mesures décisives pour créer la vie que vous désirez. Vous avez ce pouvoir. Vous n'êtes pas une victime des circonstances. Vous êtes une créatrice et vous avez l'occasion de façonner l'existence heureuse que vous souhaitez.

CONCLUSION

Le panthéon des déesses prêtes à vous venir en aide à chaque instant est infini. Ce livre ne vous en présente que quelques-unes parmi les innombrables qui ont entretenu des contacts avec l'humanité depuis ses origines.

Les déesses sont des guérisseuses universelles et souhaitent vous aider. Personnifiant les énergies archétypales, elles aiment chacun d'entre nous et toute forme de vie. Ce sont des aidantes, des soignantes, les accoucheuses de nos rêves, des amies attentionnées et à l'écoute, des protectrices bienveillantes, des enseignantes, et bien plus encore.

J'espère qu'en parcourant ce livre, vous vous serez connectée aux déesses qui vous entourent, et surtout à la déesse qui réside en vous. Vous êtes une incarnation du féminin sacré. Vous êtes la déesse. Vous êtes capable de maîtriser ce pouvoir et cette présence en vous au moment où vous le souhaitez. Vous pouvez utiliser ce pouvoir pour améliorer votre vie et le monde qui vous entoure. Allez de l'avant et incarnez la compassion, la douceur et les idées innovantes de la Grande Déesse. Vous comptez. Vous êtes une pièce essentielle du puzzle qui permet à l'évolution de se poursuivre sur notre planète. À vous de trouver cette part divine bien cachée en votre être.

UNE COMMUNAUTÉ DE DÉESSES

Par le passé, l'existence d'une communauté facilitait grandement les guérisons et la connexion avec les déesses. Les femmes se rassemblaient en groupe, que cela soit sous la tente rouge, en cercles tribaux, lors de rituels pour venir en aide au village, ou en tant que prêtresses instruites au sein de temples dédiés aux déesses. Elles bénéficiaient d'une sororité, pouvaient s'entraider et échanger avec d'autres femmes. Il est indispensable de retrouver cela. Chacune des femmes présentes dans notre vie est un reflet du féminin sacré. Lorsque nous nous rassemblons, des choses merveilleuses se produisent. Je mentionne dans ce livre quelques ressources, mais je vous invite à partir à la recherche de votre tribu. J'ai trouvé une partie de la mienne dans un cours de danse et fitness, une autre partie chez mes âmes sœurs et collègues autrices, et j'ai l'immense chance d'en avoir trouvé la première partie au collège et au lycée, où j'ai rencontré des amies extraordinaires. Vos âmes sœurs sont tout autour de vous ! En tant que déesse en formation, il vous revient de les reconnaître et de les accueillir avec gratitude et soutien.

Livres sur les déesses

À propos d'âmes sœurs, ma formidable sœur auteure Emma Mildon a écrit un livre magnifique intitulé *Evolution of Goddess: A Modern Girl's Guide to Activating Your Feminine Superpowers.*

Mon livre préféré sur les déesses est *The Moon Under Her Feet* de Clysta Kinstler. *The Red Tent* d'Anita Diamant est également très intéressant.

I Remember Union: The Story of Mary Magdalena de Flo Aeveia Magdalena et Jayn Stewart, *The Woman of Wyrrd: The Arousal of the Inner Fire, Jaguar Woman: The Wisdom of the Butterfly Tree, Windhorse Woman: A Marriage of Spirit* et *Shakkai: Woman of the Sacred Garden* de Lynn V. Andrews sont excellents. (Ndt : ces ouvrages n'ont pas encore été traduits en français.)

J'aime aussi les ouvrages de Marion Zimmer Bradley, des fictions historiques inspirées des déesses celtiques, notamment ceux s'inscrivant dans le Cycle d'Avalon aujourd'hui traduits en français.

Les sources citées ci-dessous pourront orienter vos recherches à propos de déesses précises :

Illustrated Dictionary of Mythology

Philip Wilkinson, *Illustrated Dictionary of Mythology*, New York, DK Publishing, 2006, pp. 10-123.

ADITI — Mère des dieux et du cosmos ; hindouisme/Inde

AMATERASU — Déesse du soleil et du tissage ; shintoïsme/Japon

AMMOUT — Dévoreuse des morts, elle mangeait le cœur des personnes mauvaises ; mythologie égyptienne/Égypte

APHRODITE — Déesse de l'amour et de la beauté ; mythologie grecque/Grèce antique

ARTÉMIS — Déesse de la chasse, de la chasteté et de la virginité ; mythologie grecque/Grèce antique

ASHERAT — Déesse de la fertilité ; mythologie cananéenne/Côte méditerranéenne

ATHÉNA — Déesse de la sagesse, du tissage et de la guerre ; mythologie grecque/Grèce antique ; animal : chouette

BABA YAGA — Déesse de la mort ; mythologie slave/Europe orientale

BASTET — Déesse de la sexualité et de la naissance ; mythologie égyptienne/Égypte ; animal : chat

BENTEN — Déesse de la musique, de la chance et de l'éloquence ; shintoïsme/Japon ; symbole : biwa

BENZAITEN — Déesse de l'amour ; hindouisme/Inde

CALYPSO — Déesse du silence ; mythologie grecque/Grèce antique

CHALCHIUHTLICUE — Déesse des rivières, des lacs et des sources d'eau ; également considérée comme déesse de la naissance (rupture de la poche des eaux) ; mythologie aztèque/Amérique centrale

CHASKA-QOYLOR — (Vénus) divinité stellaire, servante du soleil, protectrice des jeunes filles ; mythologie inca/Amérique du Sud

CHICOMECOATL — Déesse du maïs, représentait les semences conservées pour les cultures de l'année suivante ; mythologie aztèque/Amérique centrale

COYOLXAUHQUI — Déesse de la lune ; mythologie aztèque/Amérique centrale

CYBÈLE — Déesse mère ou Mère des dieux ; mythologie romaine/Empire romain

DAME DU LAC — Protectrice de l'humanité ; mythologie celtique/Grande-Bretagne et Europe occidentale

DÉESSE DES ORAGES — Capable de provoquer des inondations ; mythologie maya/Amérique centrale

DÉMÉTER – Déesse de l'agriculture , mythologie grecque/Grèce antique ; symbole : épi de blé

DEVÎ — (Mahâdevî) Principe féminin ; hindouisme/Inde

DOURGA — Déesse de la guerre ; hindouisme/Inde

DUGNAI — Déesse de la maison, aide à faire le pain ; mythologie slave/Europe de l'Est

ÉPONA — Déesse de la terre ; mythologie celtique/Bretagne et Europe de l'Ouest ; animal : cheval

ERESHKIGAL — Déesse des ténèbres régnant sur le monde des morts ; mythologie babylonienne/Asie occidentale ; créature : mi-vautour, mi-serpent

ÉRIS — Déesse de la discorde ; mythologie grecque/Grèce antique ; symbole : pomme d'or

FÉE MORGANE — Fée ; mythologie celtique/Grande-Bretagne et Europe occidentale

FEMME ARAIGNÉE — Porte-bonheur ; mythologie hopi/Sud-Ouest américain

FEMME BISON — Provoquait la dispersion des troupeaux de bisons ; mythologie amérindienne/Grandes plaines américaines

FEMME CHANGEANTE — Déesse de la création, qui représente le cycle de la vie ; mythologie navajo/Sud-Ouest américain

FEMME MAÏS — Fait pousser le maïs ; mythologie amérindienne/Grandes plaines américaines

FEMME MAÏS JAUNE — A apporté le maïs aux Navajos avec son frère jumeau ; mythologie navajo/Sud-Ouest américain ; le maïs est une plante sacrée employée lors des cérémonies en son honneur

FEMME NUÉE ÉCLATANTE — Protectrice des poissons ; mythologie amérindienne/Côte Ouest américaine

FILLE SANS PARENTS — Premier être vivant, a contribué à la création du monde ; mythologie apache/Sud-Ouest américain

FLORE — Déesse du printemps et de la nature ; mythologie romaine/Empire romain

FORTUNE — Déesse de la chance ; mythologie romaine/Empire romain ; symboles : gouvernail, roue et corne d'abondance

FREYJA — Déesse de la fertilité, de la magie et de la richesse ; symbole de la liberté sexuelle ; mythologie nordique/Scandinavie

FRIGG — Déesse de la pluie et de la fertilité, capable de prédire l'avenir, reine des Ases ; mythologie nordique/Scandinavie

GANGA — Déesse du Gange et de la pureté ; hindouisme/Inde

GEFJON — Assistante de Frigg ; mythologie nordique/Scandinavie

GRANDE DÉESSE, LA (Terre mère) — Créatrice de l'univers, gardienne de la fécondité ; Antiquité

GUANYIN — Déesse de la miséricorde, invoquée pour faciliter la conception d'un enfant ; bouddhisme/Inde et Chine

GUINEVERE — Épouse du roi Arthur ; mythologie celtique/Bretagne et Europe occidentale

HANNAHANNA — Déesse mère ; mythologies hittite et anatolienne/Asie occidentale

HARMONIE — Déesse de l'harmonie ; mythologie grecque/Grèce antique

HATHOR — Déesse-vache, gardienne des femmes et protectrice des amants ; mythologie égyptienne/Égypte ; plante : papyrus

HAUMÉA — Déesse de la naissance ; mythologie hawaïenne/Hawaï

HÉBÉ — Déesse de la jeunesse, chargée de servir l'ambroisie et le nectar ; mythologie grecque/Grèce antique

HÉCATE — Déesse de la magie, patronne des sorcières ; mythologie grecque/Grèce antique

HÉRA — Déesse du mariage et de la naissance, reine de l'Olympe ; mythologie grecque/Grèce antique

HESTIA — Déesse du foyer, supervise l'ordre social ; mythologie grecque/Grèce antique

HINA — Grande Déesse des Polynésiens ; mythologie polynésienne/îles du Pacifique

HINE-NUI-TE-PO — Déesse de la mort, géante ; mythologie maorie/Nouvelle-Zélande

HINE-TEI-WAUIN — Déesse de la naissance ; le charme qu'elle récite facilite l'accouchement (il serait toujours employé en Nouvelle-Zélande) ; mythologie polynésienne/îles du Pacifique

HYGIE — Déesse de la santé ; mythologie grecque/Grèce antique

IDUNN — Déesse du printemps ; mythologie nordique/Scandinavie ; symbole : pommes de la jeunesse éternelle

IRIS — Déesse des arcs-en-ciel, messagère de Héra ; mythologie grecque/Grèce antique

ISHTAR — Déesse de la fertilité et de la sexualité, étoile du Berger, assimilée à la planète Vénus ; mythologie babylonienne/Asie occidentale ; animal sacré : lion. Pour le peuple sumérien, elle était la déesse de la guerre et l'étoile du matin.

ISIS — A donné naissance au soleil et à la lune, au ciel et à la terre, au féminin et au masculin, à la sagesse divine et au Nil ; mythologie égyptienne/Égypte

IXCHEL – Dame arc-en-ciel, déesse de toutes les choses et de la grossesse, capable de prédire l'avenir ; mythologie maya/Amérique centrale

KAMRUSEPA — Déesse de la guérison et de la magie ; mythologies hittite et anatolienne/Asie occidentale

KI – Déesse de la terre, mère de tous les dieux et des mortels ; mythologie sumérienne/Asie occidentale

KIKIMORA — Déesse du foyer, assiste les femmes dans les tâches ménagères pénibles ; mythologie slave/Europe orientale

KYLLIKKI — Déesse de l'amour ; mythologie finnoise/Europe du nord

LAKSHMI — Déesse de la chance et de la beauté ; hindouisme/Inde ; apprécie les bijoux scintillants ; les fidèles l'honorent avec des lanternes

LUONNOTAR — Créatrice du monde ; mythologie finnoise/Europe du nord

MAÂT — Déesse de la vérité, de l'harmonie et de la justice ; mythologie égyptienne/Égypte

MAÏA — Déesse du printemps et de la renaissance, changée en constellation ; mythologie grecque/Grèce

MAMA QUILLA — Déesse de la lune, du temps qui passe et de la fertilité, également protectrice des femmes ; mythologie inca/Amérique du Sud ; symbole : éclipse

MATI-SYRA-ZEMLYA — Déesse de la Terre ; mythologie slave/Europe orientale

MAWU — Déesse de la lune ; mythologie fon/Afrique occidentale

MESKHENET — Déesse de l'accouchement ; mythologie égyptienne/Égypte ; symbole : briques d'accouchement

MORRIGAN — Déesse de la guerre et de la sexualité ; mythologie celtique/Irlande ; animal : corbeau

MOUT — Déesse du ciel, mère porteuse royale ; mythologie égyptienne/Égypte ; animal : chat ou vache

NAMMU — Mer primordiale, ayant donné naissance au ciel et à la terre ; mythologie sumérienne/Asie occidentale

NANTOSUELTE — Déesse du foyer et de la maison, également déesse de l'eau ; mythologie celtique/Grande-Bretagne et Europe occidentale

NEITH — Déesse primordiale, déesse de l'accouchement ; mythologie égyptienne/delta du Nil et Égypte ; symbole : bouclier orné de deux flèches entrecroisées

NEPHTHYS — Déesse funéraire ; mythologie égyptienne/Égypte

NINHURSAG — Terre mère ; mythologie sumérienne/Asie occidentale

NINLIL — Déesse de la fertilité ; mythologie mésopotamienne/Asie occidentale

NINMAH — Déesse de la naissance, créatrice de l'humanité ; mythologie mésopotamienne/Asie occidentale

NOUT — Déesse du ciel ; mythologie égyptienne/Égypte

NUWA — Déesse créatrice et déesse de la fertilité ; mythologie chinoise/Chine ; animal : serpent

PACHAMAMA — Déesse de la terre, donneuse de vie ; mythologie inca/Amérique du Sud ; offrandes populaires : lamas et feuilles de coca

PAPA — Terre mère, mythologie maorie/Nouvelle-Zélande

PÉLÉ — Déesse du feu et du hula ; mythologie hawaïenne/Hawaï

PERSÉPHONE — Déesse du printemps, de la fertilité ; mythologie grecque/Grèce antique

PINGA (PANA) — Déesse de la chasse ; mythologie inuite/Région arctique

RÉNÉNOUTET — Déesse cobra, protège les récoltes et gardienne des pharaons, peut favoriser la croissance des cultures, la prospérité et l'abondance alimentaire ; égyptienne/Égypte

SARASVATI — Déesse de tous les savoirs, mère des arts et du langage, inventrice du sanskrit ; hindouisme/Inde

SATI — Idéal de l'amour féminin, réincarnée en Parvati ; hindouisme/Inde

SEDNA (FEMME MER) — Mère et protectrice des créatures marines ; mythologie inuite/Région arctique

SEKHMET — Déesse de la punition ; mythologie égyptienne/Égypte ; représentée avec une tête de lion sur un corps de femme

SÉLÉNÉ — Déesse de la lune ; mythologie grecque/Grèce antique

SERKET — Déesse associée au scorpion, capable de repousser le mal et impliquée dans les rites funéraires ; mythologie égyptienne/Égypte

SESHAT — Protectrice des bibliothèques, scribe des dieux ; mythologie égyptienne/Égypte

SHAPASH — Déesse du soleil, torche des dieux ; mythologie cananéenne/Côte méditerranéenne

SIF — Femme de Thor ; mythologie nordique/Scandinavie

SŒURS WAGALAK — Elles ont nommé les animaux, les végétaux et les lieux au cours de leur voyage ; mythologie yolngu/Australie

TAOURET — Protectrice des femmes pendant l'accouchement ; mythologie égyptienne/Égypte ; pour l'invoquer, porter une amulette à son effigie ou verser du lait maternel dans un verre et réciter une formule pour porter chance

TEFNOUT — Déesse de l'air humide ; mythologie égyptienne/Égypte ; forme animale : serpent et lionne ; représentée par des lèvres entrouvertes

THÉMIS — Déesse de la justice, reconnue pour ses conseils sages et justes ; mythologie grecque/Grèce antique

TRIPLE MÈRE — Portant un chien, un poisson et un panier de fruits ; celte/Grande-Bretagne et Europe occidentale

USHAS — Déesse de l'aurore, qui renaît chaque matin ; hindouisme/Inde

UZUME — Déesse du bonheur et de la danse ; shintoïsme/Japon

VÉNUS — Déesse de l'amour ; mythologie romaine/Empire romain

VESTA — Déesse du foyer ; mythologie romaine/Empire romain

WAKAHIRU-ME — Déesse du soleil levant ; shintoïsme/Japon

XIWANGMU (Reine mère d'Orient) — Déesse de la vie éternelle, protectrice des femmes ; mythologie chinoise/Chine ; raison de l'invoquer : lors de la naissance d'une fille

XOCHIQUETZAL — Déesse des fleurs, des fruits et de la musique, qui règne sur une partie du monde souterrain ; mythologie aztèque/Amérique centrale

YEWA — Première femme à avoir existé ; mythologie fon/Afrique occidentale

YORUBA — Déesse de la Terre et de la fertilité ; mythologie yoruba/Nigéria/Afrique occidentale

The Book of Goddesses

Kris Waldherr, *The Book of Goddesses,* Beyond Words, Hillsboro, Oregon, 1995.

CHANG'E — Déesse de la lune ; associée aux gâteaux de lune ; mythologie chinoise /Chine antique

DIANE — Protectrice de la vie sauvage et déesse de la lune ; mythologie romaine/Empire romain

GUENIÈVRE — Souveraine du pays de Galles ; mythologie celtique/Bretagne

INANNA — Reine du ciel, déesse de la pluie et de la lumière de la lune ; mythologie sumérienne/Irak et Sumer ; âge de bronze

JUNON — Reine des dieux, protectrice du mariage et des femmes ; mythologie romaine/ Empire romain

LAKSHMI — Déesse de la chance et de la beauté ; hindoue/Inde ; apprécie les bijoux scintillants ; les fidèles l'honorent avec des lanternes

MAÏA — Déesse du printemps et de la renaissance, changée en constellation ; mythologie grecque/Grèce

OYA — Règne sur le fleuve Niger, protectrice des femmes et de l'éloquence ; mythologie yoruba/Nigéria ; invoquée en portant un long collier de perles marron

RATU KIDUL — Déesse sirène des mers du Sud ; mythologie javanaise/Java

SARASVATI — Déesse de tous les savoirs, mère des arts et du langage, inventrice du sanskrit ; hindouisme/Inde

TARA — Déesse-mère, protectrice, premier bodhisattva féminin ; bouddhiste tibétaine/Tibet

UKEMOCHI — Déesse de la nourriture ; shintoïsme/Japon

YEMAYA — Déesse de l'océan ; santeria/Cuba ; pour l'invoquer : porter sept bracelets en argent (ou un bracelet de perles blanches et bleues)

ZORYA — Trinité de déesses représentant l'aube, le crépuscule et le milieu de la nuit, gardiennes de l'univers ; mythologie russe/Russie

Goddesses: Knowledge Cards

(cartes oracle sur les déesses)

Susan Seddon Boulet et Michael Babcock, *Goddesses: Knowledge Cards,* Pomegranate, Cards Edition, Portland, Oregon, 2003.

CORÉ — Bénit les morts, gardienne de la clé du monde souterrain et du ciel ; tradition préhellénique

REINE DU CIEL (VIERGE MARIE) — Caractère sacré et mystérieux de la naissance

Power of Flower Cards

(cartes oracle sur le pouvoir des fleurs)

Isha Lerner, Power of Flower Cards, Games Systems, Stamford, Connecticut, 2014.

ASTARTÉ — Véritable souveraine du monde, Déesse mère ; époque préchrétienne ; symbole : fleur de pommier

ÈVE — Mère de tous les êtres vivants ; christianisme

VÉNUS DE WILLENDORF — Symbolise la fécondité, la productivité et la beauté ; période paléolithique

Goddess Guidance Oracle Cards

(cartes oracle sur les déesses)

Doreen Virtue, *Goddess Guidance Oracle Cards,* Hayhouse, Carlsbad, California, 2002.

ABONDANCE — Prospérité, réussite, abondance, chance ; romaine/Scandinavie

HERECURA — traditions celtique et germanique

KALI — Énergie féminine pure, protectrice de l'univers, matrice

Africana: The Encyclopedia of the African and African American Experience

Africana: The Encyclopedia of the African and African American Experience (2nd ed.) Oxford African American Studies Center, New York, 2008.

JANAÍNA – Également appelée Yemanja, déesse de l'océan ; tradition yoruba/Brésil

The Origins of the Guadalupe Tradition in Mexico

Timothy Matovina, "The Origins of the Guadalupe Tradition in Mexico", *Catholic Historical Review,* volume 100, issue 2, Spring 2014, pp. 243–270.

NOTRE-DAME DE LA CHARITÉ — Cuba

NOTRE-DAME DES REMÈDES — Espagne

"Why the Iconic Virgin of Charity Means So Much to Cubans and Pope Francis"

"Why the Iconic Virgin of Charity Means So Much to Cubans and Pope Francis", *Washington Post,* Sept. 22, 2015.

LILITH – Déesse de la mort ; tradition hébraïque

NOTRE-DAME DE LA CHARITÉ (VIERGE DE LA CHARITÉ D'EL COBRE) — Catholique, apporte espoir et salut ; Cuba, cuivre, fleur : tournesol

SHAKTI — Énergie féminine, force ayant créé les déesses

REMERCIEMENTS

De nombreuses femmes-déesses extraordinaires ont contribué à faire de ma vie ce qu'elle est : ma mère, mes grands-mères, mes tantes, mes cousines ou encore mes merveilleuses amies. Leur exemple, leur soutien et leur amitié sont tout pour moi. Cette énergie féminine très présente autour de moi a joué un rôle prépondérant dans la construction de ma carrière.

Je suis très reconnaissante envers Levity Laughing Star, ma professeure de médecine, qui m'a fourni des bases solides pour structurer ma propre façon d'exercer. Je me suis inspirée de ses enseignements sur la fermeture et la protection dans la Méditation de la déesse de la protection. Je remercie également Twyla, la formatrice de Levity, pour les expériences évoquées dans le chapitre 5.

Je suis particulièrement chanceuse d'être si bien entourée dans mon univers professionnel, notamment par mon assistante, Karen Nino, qui m'est d'une aide précieuse pour le marketing, les recherches et bien d'autres choses. C'est grâce à son soutien ainsi qu'à celui d'autres femmes incroyables que ce livre a pu voir le jour.

En classe de cinquième, j'ai fait une rencontre capitale : celle de madame Broussard, une enseignante particulièrement attentionnée. Elle a nourri mon imagination de légendes issues de la mythologie et de civilisations antiques, ce qui fut le début de mon histoire d'amour avec les déesses, qui perdure aujourd'hui. Quel présent inestimable ! Elle nous avait également demandé de rédiger une lettre à notre « moi » de dix-huit ans, de la mettre sous enveloppe cachetée et libellée à notre adresse. Six ans plus tard, nous avons reçu nos lettres par la poste. Mme Broussard est, pour moi, un exemple de dévouement et de professionnalisme.

Grâce à son talent d'enseignante, elle est parvenue à capter l'attention d'une élève ayant des difficultés d'apprentissage et de concentration.

L'adage disant qu'il faut un village pour élever un enfant s'applique aussi à la rédaction d'un bébé-livre. J'ai eu la chance de travailler avec un village exemplaire : toute l'équipe des éditions Sterling. Engagés pour l'excellence, ses membres ont transformé mon travail en œuvre d'art. Je suis particulièrement reconnaissante à l'équipe chargée du graphisme chez Sterling, notamment Gina Bonanno, qui fait de chaque livre une splendeur. Merci à tous les membres de la commission qui ont validé mes projets.

Cette collaboration avec Sterling est une occasion en or qui m'a permis de travailler avec Kate Zimmerman, une femme et une éditrice extraordinaire. Elle a compris mes idées et m'a aidée à créer un ouvrage bien meilleur que celui que j'avais conçu au départ, ce qui est précieux. Merci à Ashten « Luna » Evans, complément plein de joie de l'équipe éditoriale, qui contribue à perpétuer la tradition de grandeur et de qualité de Sterling. Travailler avec elle est un rêve absolu.

J'ai le privilège d'être entourée d'une équipe de déesses puissantes, telles que Krystin White, Carolyn Joyce et Sarah Hall chez Sarah Hall Productions pour parler et faire parler de mes livres.

La femme qui rend tout cela possible et réalise mes rêves, l'un après l'autre, est ma douce, chaleureuse et délicate Lisa Hagan, mon agent littéraire qui déchire tout. Elle est certainement l'incarnation de la déesse qui se trouve en nous. Je ne sais pas à quoi je dois cette chance. Lisa est un peu comme Lakshmi, elle ouvre les portes et la voie à des opportunités en or. Je te remercie, Lisa.

À PROPOS DE L'AUTEURE

Amy Leigh Mercree est l'auteure de onze livres classés dans les meilleures ventes, conférencière, praticienne de médecine intuitive réputée dans le monde entier et experte en santé holistique. Elle donne des cours en ligne ou par téléphone (en anglais), intitulés « Meet Your Guides » (rencontrez vos guides), « Bestseller Bootcamp » (destiné à ceux qui veulent écrire un best-seller), « Mindfulness and Meditation » (pleine conscience et méditation), « New Moon Goddess Bootcamp » (à propos de la déesse de la nouvelle lune) et « Goddess Shamanism » (chamanisme des déesses).

Amy Leigh Mercree est l'auteure de *The Spiritual Girl's Guide to Dating, A Little Bit of Chakras, Joyful Living: 101 Ways to Transform Your Spirit and Revitalize Your Life* (traduit en français sous le titre : *Vivre dans la joie : 101 façons de transformer votre esprit pour dynamiser votre vie), The Chakras and Crystals Cookbook, The Compassion Revolution: 30 Days of Living from the Heart, A Little Bit of Meditation, Essential Oils Handbook, Apple Cider Vinegar Handbook, A Little Bit of Mindfulness et The Mood Book: Crystals, Oils, and Rituals to Elevate Your Spirit.*

Elle collabore avec différents médias, notamment *Glamour, Women's Health, Inc. Magazine, Shape, The Huffington Post, Your Tango, Soul and Spirit Magazine, Mind Body Green*, CBS, NBC, Hello Giggles, *Reader's Digest, Bustle, Country Living*, Oprah.com.

Pour obtenir une boîte à outils pour vous aider à vivre pleinement votre vie de déesse, rendez-vous sur amyleighmercreee.com/goddesstoolkit et saisissez le mot de passe GODDESS.

INDEX

G

H

I

J

K

L

M

N

Composition et mise en pages : les PAOistes

ISBN : 978-2-501-14881-8

4147953

Imprimé en Espagne par Unigraf

pour le compte des Éditions Hachette Livre (Marabout),

58, rue Jean Bleuzen, 92178 Vanves CEDEX.

Dépôt légal : mai 2020

PAPIER À BASE DE FIBRES CERTIFIÉES

MARABOUT
s'engage pour l'environnement
en réduisant l'empreinte carbone
de ses livres.
Celle de cet exemplaire est de :
600 g éq. CO_2
Rendez-vous sur
www.marabout-durable.fr